Q版特工29

暗域狙擊

梁科慶

Q版特工29　暗域狙擊
作者／梁科慶
總編輯／馬鎮梅
責任編輯／王心靈
美術設計／blacktony
出版發行／突破出版社
香港沙田亞公角山路33號突破青年村
電話：2632 0000　傳真：2632 0388
電郵：breakthrough@breakthrough.org.hk
網址：http://www.breakthrough.org.hk
http://www.btproduct.com
承印／陽光印刷製本廠
2012年7月初版1刷

Ah Wing, the Secret Agent 29: Saving for the Catch
by Leung For-hing
First Printing, First Edition, July 2012

ISBN 978-988-8073-62-7

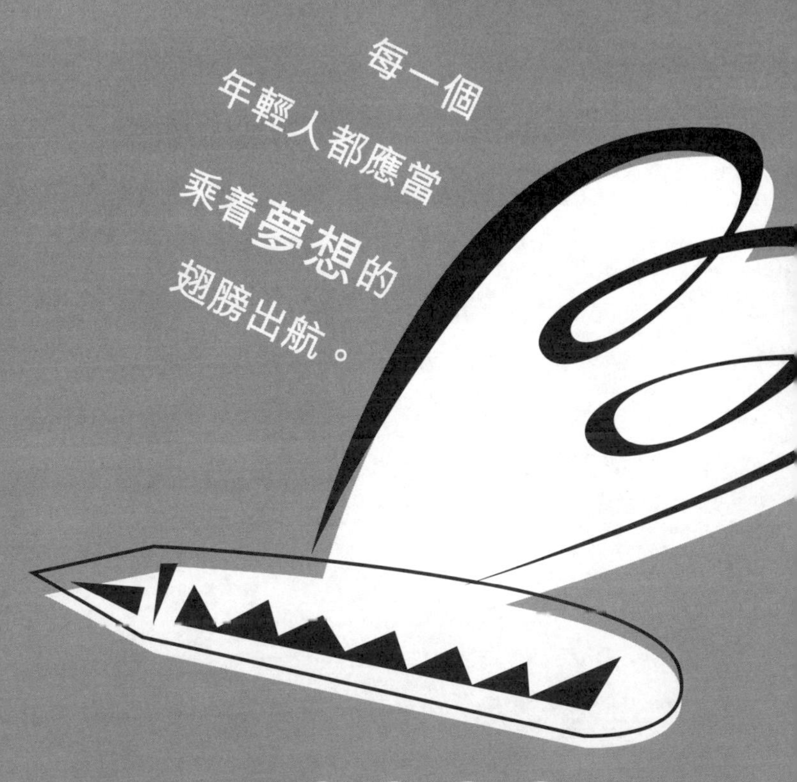

飛翔專號

目錄

序：文學嫁接科學的好範本

東瑞
獲益出版社總編輯

一向低調的梁科慶是我喜歡和欽佩的文友。讀《暗域狙擊》時，思緒不禁倒流到十幾年前，在一間又一間學校書展中，看到同學們排隊買「Q版特工」系列書的情景，不但是中學生非常着迷，連學校圖書館一選購就是幾套。那時候，我們在學校書展的展台都用乒乓球枱，科慶的「Q版特工」系列佔了很大面積。銷得快，缺貨得快，獲益負責人瑞芬補貨補得也急。其中多本入選好書十大，進一步打響了知名度。在小學，麥嘜系列圖書一度有情況相似，同樣喜愛者眾，供不應求。

這兩道書市風景線真叫人驚喜不已。我們香港的文化創意產品，總不能老是以舶來品標榜，一定要是「香港製造」才地道、正宗、有意義。日本有金田一，美國有蜘蛛俠，英國有 007，香港也該有自己的某些品牌啊。「Q版特工」系列有龐大的少年讀者羣，小說內容對他們的讀書興趣、心智成長都有重大的影響。在忙忙碌碌的歲月裏，科慶以驚人的毅力堅持將「Q版特工」寫下去，以每部保守估計五萬字計算，前後也有一百五十萬字，如果我們想到他還有其他作品（評論、論文、推理、小說等等）出版，不難想像到他業餘的勤奮。可惜我俗務纏身、工作壓力不輕，無法追讀他每一部新作。感謝科慶讓我這次有機會在《暗域狙擊》出版前先讀為快，從中得到創作上的啟發，也試試探索它們深受青少讀者熱烈歡迎的深層次原因。

偵探、間諜、特工、推理、武俠、科幻、幻想……諸如此類的文化創意產業產品，我從不反對，我本身也寫過一些推理小說；這些文類在書市佔有相當比率，在文學史上也該留有它們的篇幅。當然，它們必須有着自己的創意，才有長久的生命力。環顧當今的影像藝術（譬如電影），十有七八都與科幻、幻想、環保、模擬世界和未來題材有關，我們不難看到人類關心的議題和科技時代發展的趨勢。讀了科慶的《暗域狙擊》，不能不為作者緊跟時代的步伐歎為觀止。

《暗域狙擊》是一個描述追捕大毒販的故事，寫得不凡，並非僅是劇力萬鈞而已。

首先是現代科技的大融合。許多文學作者對於科技一竅不通，但讀文科、以圖書館學為專業的科慶，寫作前都做足了準備工夫。賴雪敏為他的《諜變密令》寫的序中稱讚「他作品的內容看似順手拈來，新詩、瘦身、茶餐廳、黑幫、種族仇恨、功夫炒作一碟。似乎什麼東西，到他手裏都能炮製出可口的佳餚」，試讀《暗域狙擊》中的空間，海陸空盡情佔據，直升機、遊艇、吉普車、的士、私家車等交通工具全部出動，各式手槍、機槍、匕首、甚至導彈都輪盤亮相、派上用場，我尤其欣賞小說中CCTV的操控、天上衛星的全天候追蹤，令小說情節不但緊張得教人喘不過氣來，而且大大加強了故事的真實性。現代科技知識的具備，當然是寫間諜小說的基本，我們很多人都明白這一點，但我們之間不少（包括本人在內）寫作人太缺乏這種努力、緊貼時代發展的精神。

看得出來，梁科慶非常用功地閱讀，儘量和充分汲取自己所缺乏的知識。別看小說中某一段有關科技知識的敘述，要是有誤，都會造成作品的遺憾和瑕疵。試讀附在《鴉殺》後面的〈跋〉，他就譯列了美國推理小說大師S.S. Van Dine的〈寫偵探小說的二十條法則〉，認為「仍具參考價值」，還以明確的語言表明了自己創作的初衷：「『Q版特工』像塊海綿，吸收力很強，不管推理、冒險、愛情、驚慄、科幻、武俠、滑稽等元素，統統都可寫進故事裏，不拘一格，毫無包袱。正因為這樣，我的創作靈感才會源源不絕。」其實，也不是為了要寫特工小說才去惡補科技知識，現代日新月異的科技發展，實際上也讓小說起了大革命。譬如手機、電腦等的發明和普及，令諸如「六百里加急」的戰爭情報故事和「望夫石」一類的民間傳說都在剎那間成了幾乎不可思議的疑案。我們明白這些，對Q版特工系列受到青少年讀者熱捧就會恍然大悟，而為什麼書市裏讀者熟知梁科慶的名字也就了然於胸。

其次是結構的靈活操控。現代的小說和電影，都講究結構。也就是說，文學解決了「寫什麼」之後，「怎樣寫」就成了作品成敗的關鍵。香港文學中最著名的是劉以鬯的《酒徒》，以酒後人物的流動思緒結構小說（人稱「意識流」），《對倒》以兩個人物的不同行迹結構小說（人稱「複合結構」），都非常成功。現代電影的敘述法更是顯得豐富複雜。這部《暗域狙擊》在結構上就很有電影感。從地域上來說，小說背景涉及香港、澳門、泰國製造毒品地區、泰緬邊境、南中國海等，小說用傳統的「細述從頭」已無法表達瞬息萬變的狀況。因此，過去式與現在式的交錯，追述和補敘的呼應，回憶和場景的跳躍，倒敘和插敘等等文學敘述技巧和電影手法的混合運用，都一一了無痕迹地搬上小說舞台。大體上，我（阿Wing）、阿Ken、露絲和Ada等人物為一組，阿漆、蘭姨、坤嫂等為一組，「配合無間」地將追捕故事進行到底。前者為幕後、追蹤和遙控者，後者是舞台的演出者。由於作者靈活調度、巧妙穿插，使小說節奏頗為緊張和緊湊。這是值得寫小說的朋友學習的。

最後是文學細節的認真經營。這是《暗域狙擊》一書最令我欣賞之處。有一位寫長篇小說的朋友說，梁科慶的長篇或無法和名家媲美，但細節他都細心經營，相信有一定優勢。我讀了，果然，一些生活細節細到叫我震驚。比如殺豬的詳細過程，前後就足有千字篇幅。當然，這也要看作品需要。細節的認真和精彩，有助於小說內容的真實和可信度。馬鎮梅為《鴉殺》寫的序，非常推崇科慶描述烏鴉及其意象、氣氛的文字，我則極欣賞《暗域狙擊》一系列真實、細膩、認真刻畫、描述生活細節的段落。印象很深的有這麼一些：指甲飛脫、插進食物的細節、吃香蕉的細節、烹煮和吃老鼠湯飯的具體過程、開紅酒的細節、南中國海上遊艇上生死搏鬥以至被海水吞沒的描述，阿日臉部變形、阿漆突變渾身乏力的敘述、錘頭雙髻鯊在海面上遊蕩、威脅阿漆生命的細節…… 科慶的文字充滿動感，尤其是寫吃老鼠湯飯，有如聞其味、如見其物，讀之幾乎膽飛魄散之效。這些描述很見功夫，文字外的體驗、見聞、汲取都要落足汗水。一般特工、間諜、偵探、推理小說都有其基本規則和特點，但寫得有文采而富細節，會大大增加其文學價值，不會讀完即棄，而是回味無窮。

「Q版特工」每一集都請不同的作家寫序。也許角度都有別，我從本人創作小說方面的所缺、科慶《暗域狙擊》一書最值得東瑞學習的三點來談，就教於作者和讀者。謝謝科慶，讓我有較早閱讀此書的機會。

作者電郵，歡迎聯絡：
forhing@gmail.com

/越柙行動

阿淼棄明投暗，頓成寶島階下囚；

海陸空緝兇，特工組全方位追蹤！

1

「找到了！」我邊跑邊喊，「他們找到阿漆了！」我放開喉頭，氣發丹田的朗聲呼喊，希望喊聲貫通狹長的走廊，讓甲板上的露絲早一刻聽見好消息。

甲板上，欄杆邊，海風中，露絲立時轉身，面向走廊。她的眼眶紅了，她聽見了。

「英國『約克號』驅逐艦的救援直升機，找到那艘救生筏。」我跨過門檻，躍出甲板，「機師確認阿漆在救生筏上。」

「阿漆，他平安嗎？」露絲的聲音沙啞中帶着顫抖。她屏住氣息，定睛凝視着我，期望一個不算太差的答案。由於過分緊張，我瞥見她握着Ada的手不自覺地緊繃起來。

「痛啊！」Ada掙脫了她，「雪雪」呼痛。

「根據機師在無線電的報告，阿漆依然清醒，身體相當虛弱，暫沒生命危險。」

「感謝上蒼。」露絲鬆一口氣，把臉埋在兩掌之間。

「喂，喂。」Ada扯我的衣角，溫聲細語地道。

「什麼？」

「那位機師是不是威廉王子？報章說，他在『約克號』艦上服役，負責駕駛救援直升機。」

「是他又怎樣？」我撥開Ada的手，上前拍拍露絲的肩頭，安慰道：「我已跟聶艦長和…… 威廉王子說好，救援直升機將直接把阿漆送到我們『深圳號』這裏。聶艦長已批准他們降落，並下令醫療隊候命。」

「太好了……」露絲哽咽。

「太好了！可以近距離觀見王子，咭咭咭。」Ada半掩嘴巴，傻笑三聲後，突然想起什麼似的，匆忙跑回船艙，跟剛踏出甲板的阿Ken狹路相撞。

阿Ken慌忙收步往左閃，Ada卻往右竄，差點鼻尖碰鼻尖。阿Ken急靠右，Ada又撞向左。

「讓開，大胖子，不要阻路。」Ada氣急敗壞地叫道。

「是你擋我，不是我阻你啊！」阿Ken一副愛理不理的樣子。

「Shut up ！立正！」Ada跺足下命令，「不許動。」

阿Ken依言立正，Ada抓住他的衣領大力把他推在一旁，再拍打他的肚皮，道：「縮肚，excuse me。」

阿Ken呼氣收腹，憋住呼吸，不解地問：「阿漆快到了，你還要往哪裏去？」

「本小姐要去補妝。」Ada側身從阿Ken與門框之間擠進船艙，好整以暇地用指尖梳撥頭髮。

「補妝？」阿Ken瞧瞧我和露絲，「她幹嗎要補妝？阿漆會在意嗎？」

「別管他們。」我拉着露絲的手，一起走到甲板的直升機坪旁邊，站在醫療隊後面。醫療隊員已備妥輪牀、急救箱、氧氣筒、心臟除顫機，嚴陣以待。

大家都瞇起眼睛，遙望船首方向。

晴空萬里，海天一色，眼前蔚藍一片。早上九時的太陽綻放暖和耀目的光芒，海鷗成羣由左至右的掠過浪尖，追逐那些追逐浮游小蟲的魚羣。一架噴射機飛越長空，在藍天白雲之間添畫一條白色的航線。

甲板上，誰都不在意那噴射機，我們等候的是直升機。

露絲的手冰冷，臉色蒼白，整整一個月的擔憂與疲倦幾乎把她拖垮。

2

一個月前……

「不能，不行，行不通！我已說過許多遍，我不同意，絕對不同意！阿漆身上有傷，不適合執行這項任務。」露絲像個蠻不講理的女孩，平日的專業、冷靜、理智、客觀，此刻在她身上不留一絲痕迹。

「我也說過許多遍。」我沉住氣，不厭其煩地重複道：「正因為他身上有傷，才適合執行這項任務。」

「阿Wing是對的，而且，只有我未曾在台灣露面。」阿漆插口勸解。

「組織裏，沒在台灣露面的特工多的是，他幹嗎一定要打你主意？」

阿漆皺起眉頭，說：「其餘的人都沒受傷……」

「弄傷其中一個吧。」露絲繼續強詞奪理。

「怎可以……」阿漆歎氣，不作無理爭辯。

「阿漆的傷是現成的，不用多此一舉。何況，阿漆經驗老到，身手一流，這項任務非他莫屬。」我也不作口舌之爭，動手把阿漆身上的追蹤戒指、竊聽原子筆、GPS手錶，統統除下，再指指他的耳朵，示意他把藏在耳孔裏的微型耳機挖出來。

「喂！你幹什麼？」露絲撿起GPS手錶，重新為阿漆戴上，「我們不能跟他失去聯絡。太危險了！」

「阿Wing是對的。」阿漆把手縮回，不讓她為他戴回手錶，「對方是智慧型罪犯，又熟悉科技。這些儀器，瞞不過人家。」

「若被對方發現，阿漆的處境更危險。」

「阿Wing對，阿Wing對。」露絲賭氣地把GPS手錶擲在桌上，然後坐在桌旁，把臉別開，「阿Wing說的，全對；我說的，全錯。」

「別耍孩子氣了，工作歸工作。」阿漆把耳機取出，放在桌面，接着脫去外衣，拿起搭在椅背的囚衣，待要穿上。

我按住他的手，道：「等一下。」

「什麼？」

「逼真一些。」我勁聚指尖，「忍住，不會太痛。」

「來吧！」阿漆咬緊牙關。

露絲轉過頭來，瞪大眼睛，說：「你又想怎樣，阿Wing？」

我手起指落，一指捌在阿漆左肩膀的傷口上。

「哎……」阿漆的傷口縫線斷裂，鮮血隨即滲出。

「阿Wing！」露絲發瘋似的從椅上彈起，撲過來，一掌把我推開。

「苦肉計嘛，多受皮肉之苦，有助增加勝算。」我苦笑。

「沒事，沒事，皮外傷而已，別緊張。」阿漆穿上囚衣。

「要止血，要替傷口消毒。」露絲回身打開桌上的藥箱，「傷口若受感染，你一個人在外面，沒人照應……」

「露絲……」他勸止她。

她沒理睬，只管翻轉藥箱，藥物「嘩啦」的散了出來，一瓶噴霧膠布更「噹」的滾落地板。她不管別的，只管埋頭在藥物堆裏挑出紗布、消毒藥水。

阿漆嚴正地喝道：「露絲！住手！」

時間頓時靜止似的，我和露絲都愣住了。

在門外等候的男警員慎重地推開一道門縫，探頭窺視房間內的動靜。他雖然奇怪我們好端端的怎會吵起架來，但我們吵架他無權過問。但見我們無恙，他便把門關上，繼續守在外面。

阿漆低聲道：「對不起。」

「我擔心你。」露絲上前擁住他，強忍淚水。

兩人緊緊地靠在一起，他輕撫她的背，輕聲安慰。

我識趣地閉嘴，退開，在距離最遠的牆角找個位置坐下。這對痴男怨女，從頭到腳，從腳到頭，橫看豎看，側看斜看，沒丁點專業特工的風範，尤其阿漆，我自小跟他一同成長，從沒見過他婆媽如此。愛情真是個陷阱，處理不好就會泥足深陷。長此下去，只怕他們會導致感情用事，公私不分，輕則困擾情緒，喜怒無常，重則影響判斷，危及任務與性命。此事一了，我必須找個機會，心平氣和地跟他、跟她談一談。

「時間差不多了。」阿漆低頭在她頸上吻了一下，然後狠起心腸，用點力，不情不願地將她從懷裏推開。

兩人的衣襟都沾上一灘鮮血。

「流了這麼多血。」露絲再次大驚小怪。

「這樣才夠逼真嘛。」說罷，阿漆笑了笑。

「答應我，你要平安回來。」

「我一定會平安回來。」

「接住。」我把一副手銬拋過去。

阿漆單手接住，「卡」的把自己銬上，回頭，主要多瞧露絲一眼，便拉開房門，向男警員說：「出發吧。」

男警員輕輕說聲「得罪了」，旋即「入戲」，按着阿漆的肩頭，斥喝道：「走！別慢吞吞的！」

我迅速關上房門，露絲一面用紙巾拭抹眼淚，一面開啟電腦，連接預先安裝在走廊的隱蔽鏡頭，監看男警員押着阿漆，穿過職員通道，進入羈留護理室。

那裏已坐着一個也銬上手銬的中年女犯，正由一名女警員看守着。

那婦人五十來歲，皮膚黝黑粗糙，頭髮花白，單眼皮，扁鼻，厚唇。她抬頭瞥阿漆一眼，神情冷漠。

男警員着阿漆坐在中年婦人對面的長椅上。

四人身後掛着白布簾，簾子後面置了一張病牀，鋪上潔白牀單，病牀左右井井有條的放着各種醫療器材，設備齊全。我們的隱蔽鏡頭和竊聽器藏在白布簾頂的假天花之內，下面的人難以察覺。

相反，羈留護理室內的情況，我和露絲一目了然。

「你們沒事做嗎？」中年婦人不滿地嘀咕，「山長水遠把我由台北押來高雄，調查什麼羅組長的案件，我根本不認識這個人。現在又押我來做身體檢查，我身強體壯，精神爽利，沒病沒痛。你們沒事做嗎？」

「煩死啦！你給我閉嘴！」女警員粗魯地推了中年婦人的肩膀一把，「整天囉囉唆唆的，嘴巴不累嗎？」

阿漆瞪着女警員，冷冷地道：「客氣一點，犯人也有人權。」

「少管閒事。」男警員請阿漆的後腦吃一記「菱角」。

阿漆吃痛。

露絲不期然撇起嘴巴，痛在心裏。

「你這個死賊頭，竟敢招惹老娘！」女警員抽出警棍，「這裏是醫院，我只要不打死你，自有醫生、護士替你療傷。」

「不。」男警員擋在阿漆身前，攔阻女警員向他動粗。

就在此時，阿漆突然發難，自椅上躍起，從後撲向男警員，用手銬的鐵鍊勒住他的頸項，再以他作支點，飛身盪向女警員，施以一記膝撞，擊中她的下巴。

女警員「哇」的一聲，仰天而倒。男警員拚命反擊，與阿漆雙雙滾在地上。阿漆手上使勁，箍着他牢牢不放。男警員多掙扎數下，不支昏厥。

「好小子，有一手。」中年婦人在女警員的口袋裏找到鑰匙，弄開手銬，再把鑰匙遞給阿漆。

「謝謝。」阿漆爬起來，「我叫阿漆。」

「朋友都叫我蘭姨。」

「我的兄弟在醫院外面等候接應，逃出醫院後，我有門路離開台灣。」阿漆也打開手銬，「你要乘搭順風車嗎？」

「當然。」蘭姨爽快答應。

房門忽地打開，「誰要縫傷口？」一名女護士捧着小鐵盤進來，她身後還跟着另一名男警員。

兩人還未看清楚羈留護理室內的狀況，蘭姨已閃身而上，從女護士的小鐵盤裏抄起一柄剪刀，反手刺向男警員雙眼。她快，阿漆更快。但見阿漆左腳踢出，挑起地上的警棍，右腳同時橫掃，把警棍踢向門口，朝男警員疾飛而去。時間恰到好處，搶在男警員雙眼被廢以先，警棍砸中他的前額。他的頭一歪，隨即倒下。兩害取其輕，前額腫起個鴨蛋，總勝過雙目失明。

阿漆出手快而準，乾淨利落，救了男警員性命又不着痕迹。我與露絲齊聲喝采。

蘭姨一刺落空，轉而對付女護士。她一個翻身，捂住女護士的嘴巴，並把剪刀平壓在她的臉上，恐嚇道：「別作聲。不聽話，我在你臉上畫個大交叉。」

女護士慌得渾身發抖，豆大的眼淚從眼眶溢出。

阿漆鎖上房門，取過女護士手上的小鐵盤，生怕她手抖腳顫，打翻了，驚動外面的人。

「下一步，怎走？」蘭姨問阿漆。

「我來問你，外面的走廊通往什麼地方？」阿漆盯着女護士，明知故問。

蘭姨把手移開，女護士喘了口氣，怯怯地道：「轉左往電梯大堂，轉右往停車場。」

「外面還有多少警察把守？」

「這處是禁區，不准外人進入，兩邊都有一名警員站崗。」

「好，你先替我治理傷口。蘭姨，你想穿警員制服，還是護士制服？」

「別脫我的衣服。」女護士雙手交抱，護住自己。

「她兩個太瘦了，制服我穿不下。這個世代，女孩子不分肥瘦，一窩蜂的去纖體瘦身。我穿男警員的制服吧。」

「阿Wing。」露絲碰碰我的手肘，「是時候通知你那個所謂兄弟。」

「曉得。」我按通對方電話，道：「小刀，依計行事。」

醫院對面的路旁，這時，停了一輛黑色的本田摩托車。車手戴着全罩式頭盔，身穿貼身的黑皮夾克和膝蓋開洞的洗水藍牛仔褲。他掛線後，望着對面街角搖手示意。

馬路兩旁，人們在建築物的門口進進出出，行人道上路人南來北往。行人道旁的巴士站有十來個候車的乘客，都是從醫院探病回家的病人親友。一輛巴士駛至，司機把車停定，打開車門，乘客魚貫登車。

路面的車流開始減少，因為露絲同一時間知會台灣特工組，請對方調控交通燈號，暗中控制車流，確保待會阿添逃離醫院時不會遇上堵車。

一輛客貨車駛離街角，在小刀面前駛過，切線越過巴士，再切線拐彎開進醫院的停車場。我認得開車的小武，聽說他擅長飛車、熟悉高雄市的大街小巷。

露絲指着畫面，說：「瞧，他們出來啦。」

走廊上，蘭姨換上男警員的制服，制服過寬，看起來衣不稱身。

阿添仍舊身穿囚衣，放下衣袖，估計他的雙手籠在袖裏互握，假裝銬着手銬。

兩人朝停車場出口慢慢走去。

羈留護理室裏，三名警員昏迷未醒，女護士被綁在椅上，嘴巴塞着一綑紗布。

「拉低警帽。」阿漆輕聲提醒蘭姨，「走廊裝有CCTV。」

「哦。」蘭姨把帽舌拉低，「剛才，羈留護理室裏沒CCTV嗎？你明目張膽襲警。」

「醫院方面，以維護病犯私隱為由，拒絕安裝。犯人也有人權。那是保安漏洞。」

「你知道的內情倒也不少。」蘭姨的語氣存着懷疑。

阿漆鬆鬆肩頭，道：「行走江湖，總要四處收風嘛。」

「你不似台灣人，犯了什麼事？」

「我是香港人，幹走私生意的。今趟偷運K仔入境，回程時打算携帶偽鈔。誰知在高雄交貨時，遇到警方臥底，人贓並獲，還給他們打傷。」

「在台灣販毒，可要判死刑啊！」

「所以嘛，惟有冒險越柙。你呢？賣淫？」阿漆故意市井。

「噓！一把年紀了，我賣也沒人買。我的事，說來話長。到保安櫃枱啦。」蘭姨摸着腰間的警槍。

「不要開槍。槍聲會驚動另一端的警察。」

「我自有分數。」

說着，兩人走近保安櫃枱，當值警員瞧阿漆一眼，主動向阿漆身後的「同僚」打招呼：「嗨，這麼快便縫完針，今天黃姑娘的效率真高，但囚車未到，要多等一會。咦，你不是劉哥？你是……」

蘭姨藉阿漆的身體遮擋，悄悄拔出警槍，槍管從阿漆腋下穿過，只露出槍口讓警員看見。警員看見來人既非同僚，又露械指嚇，頓時不懂反應。

「別作聲，快開門，否則，我斃了你。」

「是是是。」警員唯唯諾諾，輸入密碼。

「得——」鋼門的鎖柵跳開。

阿漆搶先使出一記肘擊，將警員打昏。

「走。」蘭姨收起警槍，推門而出。

3

兩人才踏足停車場，即聞車聲隆隆，接着，一輛後座車門敞開的客貨車自右側衝過來。

邊嚼檳榔邊開車的小武，在兩人跟前略為減速。阿漆第一時間縱身竄上客貨車，左手抓緊椅背，騰出右手伸向車外。尾隨的蘭姨，身手敏捷，她一握阿漆的手，借力跳進車廂裏，輕鬆利落。

「坐穩啦！」小武換檔、踩油，客貨車開足馬力，飆出停車場。

小刀騎着本田摩托車，停在路口附近。小武的客貨車一開出榮總路，小刀便驅車超前，在前方引路，經過星巴克咖啡店，在Wellcome超市前面左轉拐進狹窄的141巷，駛了一段，右轉榮德街，越過與榮佑路相接的十字路口，沒開進又闊又直的縱貫公路，反而經223巷反方向的駛回榮總路，然後一路向北駛，經過八個路口，才左轉501巷，開進華夏路。

「他們在橫街窄巷裏鑽來鑽去，打算往哪裏去？」露絲調度間諜衛星，追蹤客貨車。

「我不知道。」

「你不知道？」露絲驚呼。

「我只跟小刀說，從榮民總醫院接我的朋友潛逃。至於潛逃路線、交通安排，全由他負責，我不過問。」

「太不負責任了！你就這樣把阿漆交給黑幫分子，竟不過問？」

「控制醫院一帶街道的車流，已是極限。餘下的，要讓小刀自由發揮。我們參與太多，警力的氣味愈濃，蘭姨會嗅出來的。」

露絲板起臉孔，道：「你應先跟我商量。」

「我說過了，阿漆也同意。只是你聽不進去。」

「我沒聽過。」

「現在爭拗也於事無補。你集中精神追蹤客貨車吧。」

「哼！」露絲大力拍抓桌上的滑鼠。

女人，野蠻起來可以很野、很蠻。阿漆，這個野蠻女友是你自己挑的，煩惱自招，我寄予萬二分同情，卻愛莫能助。

「糟！」露絲大力捏我的手臂，「別站着發呆，快過來看。」

「哎喲，看什麼呀？」

「這兒。」露絲把電腦畫面的焦點沿着華夏路向西移，最後停在華夏路和自由四路相交的十字路口後方約一百米處，放大，放大，再放大。

「糟！」我也驚呼，「那是……警察路障嗎？」

「可不是！警察知道醫院走犯，設置路障阻截。」

「沒可能，台灣特工組阻延通報，高雄市警察廳尚未知情。看來，是警方的恆常工作。」

「要他們立即撤走路障。」露絲拿起電話。

「太遲了。此刻才撤，太着迹了，蘭姨不起疑才怪。」

「不撤，怎可以！那個開車的小混混，獐頭鼠目，可疑之極，蘭姨又穿着不合身的警察制服，一定會被警察截查。而且蘭姨携着警槍，一查便駁火。」

「小刀和阿漆懂得應變，我有信心。」

「小刀，瞧，他竟然收油，墮後，退到客貨車後面。看來，他想溜走。」

「不會的……」

事實勝於雄辯，畫面所見，小刀的確愈駛愈慢，小武的客貨車在交通燈轉紅之前越過十字路口，相反，小刀非常守法地依燈號停車，規規矩矩的把前輪貼着白界線。客貨車繼續前行，路障的分流警察果然向它招手，指示小武停車受查。

兩難！小武停車嗎？正如露絲所說，蘭姨有槍在手，隨時駁火收場。不停車嗎？等於承認車上有可疑，警察定心窮追不放。停車難，不停車也難，換上是我，亦不免心慌意亂，不知小武這個幫會小角色下一步如何？

就在關鍵時刻，自由四路的交通燈號轉綠，南行和北行的汽車開始移動。

小刀突然有所動靜，他猛力扭大油門。

難道他打算……

兩團車羣剛剛越過十字路口，小刀的摩托車從靜止狀態轉為亢奮狂飆，以高速突入前面兩團車羣之間，急轉九十度，衝進自由四路北行車道，在一輛深紫色「富豪」的防撞欄前端擦過，再插進灰色「福士」和紅色「豐田」之間。「富豪」緊急煞車。「福士」的司機大概慌了手腳，車子失控向右偏離車道。「富豪」後面的車羣收掣不及，車頭撞車尾的連環相撞。「福士」的情況更壞，它陷於逆線車羣之中，跟一輛大貨車迎頭緊緊貼着，尾隨大貨車的大小汽車橫七豎八的撞在一塊。

司機紛紛下車，從各人的肢體語言可見，大家在互相指罵。

肇事汽車的損毀程度看來不算嚴重，但車禍發生在交通繁忙的十字路口，就算輕微的碰撞都會造成擠塞，何況這趟牽涉的汽車多達十多二十輛。

小刀一手炮製的車禍，不消五秒鐘便奏效了——

設路障的警員放棄截查車輛，立即趕往十字路口處理車禍；小武的客貨車從容駛過路障，揚長而去；小刀的摩托車亦轉入某個與自由四路相接的橫街，消失於鬧市之中。

我斜眼偷看露絲，沒說什麼，因為說什麼她都不認同，從一開始她就不認同。如果坐在客貨車上的不是阿漆，是我或者阿Ken、泰臣，看見順利過關，她一定拍手叫好，現在困難暫時解決，她仍舊鬱鬱寡歡，為阿漆前面尚有更多不可知的難關而憂慮。

戀愛令她不專業，愛得愈深，愈不專業。

客貨車餘下的路程再沒阻滯，二十多分鐘後，順利到達碼頭區。

高雄港內外，大小船隻或駛或泊，宛若星羅棋布。客貨車在一艘貨櫃輪旁邊減慢車速。巨型吊臂把一個貨櫃高高吊起，送上甲板。甲板上，整齊疊高的貨櫃足有四層，每個貨櫃容得下一輛客貨車有餘。把車子直接駛進貨櫃裏，再吊上貨櫃輪，連人帶車偷運出境，神不知，鬼不覺，主意不錯。

「他們要登上貨櫃輪嗎？」露絲沉吟。

「多半是。」我亦有同感，「由海路偷出台灣。」

然而，我們所猜的，跟小刀的計劃仍有大段差距。客貨車從貨櫃輪旁邊迤邐而過，並沒停車，多駛一段路，拐個彎，開進一間倉庫內。

那倉庫的招牌寫着「德祥貨倉」，衞星拍攝不到倉庫的內部情況。

露絲馬上追查德祥貨倉所屬的企業，立時查出這間公司已經倒閉多年，倉庫亦丟空多年。

我用拇指和食指摸着鼻頭，說：「他們在空置倉庫裏不會逗留太久。」

露絲手托下巴，不置可否，也不知她有沒有聽見。我彷彿對着空氣自說自話，惟有閉口。我們就這樣默默坐在電腦前，等候他們從倉庫裏走出來，可是，十分鐘過去，二十分鐘即將過去，畫面所見的倉庫四周毫無動靜。

露絲忽然開腔，道：「打電話給小刀。」

正有此意，電話已在我手裏。電話接通後，我開啟擴音器，讓露絲收聽我和小刀的對話。

「小刀，我是阿Wing。我那朋友的情況怎樣？」

「已經登船了。」

「登船！登什麼船？」

「魚哥的船。」

「何時的事？他們不是進入了一間空置倉庫的麼？」

「連倉庫你也知道，果然消息靈通。那麼，你應知道那倉庫的地板一早給魚哥掘開，接通地下水道，方便走私吧。」

「然則，他們由地下水道徒步至海邊某處登船？」

「對，十五分鐘前。」

「哪一種船？開往哪裏？」

「不清楚。魚哥有幾艘船，不知他這一趟開哪一艘。至於路線，你的朋友登船後會自行跟魚哥商議，我無從得知。」

「可否聯絡魚哥？」

「不行。」

「為什麼？」

「這是魚哥的規矩。不論載人或運貨，船一開行，直到抵步前，一概斷絕通訊，以免暴露航線和位置。除非他主動聯絡我吧，但看來沒此必要。」

「這個……」

「有問題嗎？」

「沒了。謝謝幫忙。」

「就這樣吧。再見。」

小刀掛線後，我不知該跟露絲說些什麼，什麼「阿漆會找機會聯絡我們」、「阿漆會化險為夷」諸如此類的門面說話，我一個字都說不出口。露絲也沒說什麼。她的姿勢一直沒變，端正的坐在電腦前，手放在鍵盤上，指頭遲疑地稍動，心神恍惚，不知該輸入什麼指令。她想不到，阿漆坐哪一艘船離開高雄？目的地在哪兒？

其實，我也想不到。

我們更加想不到，十五分鐘前，阿漆和蘭姨打算登船時，魚哥曾一度「拒載」——

「小刀明明說好只有一位乘客，現在多了一位，還穿警察制服。這宗生意有古怪，我不幹。」

「慢着，錢，我可以加到你滿意，要多少？」阿漆道。

「小心駛得萬年船。不載，不載！」

「魚哥，是我。」蘭姨摘下警帽。

「啊！蘭姨，原來是你。」

「想不到吧。乘坐你的船，我也想不到。」

「我放心了。兩位，上船，快上船，進艙裏安頓吧。你們要到哪裏去？」

「香港。」

「澳門。」

「沒問題，那就先去香港，再去澳門。嗨！手足們，解纜—— 開船——」

魚哥指揮手下去了。蘭姨和阿漆彎腰走進船艙。船艙髒兮兮的，雜物隨處亂放。蘭姨找到一張板凳，撥去凳上幾片魚鱗，挪到舷窗旁邊，坐定，解下警槍，拿在手裏，瞅着阿漆道：「先前在醫院裏，跟你一起越柙，老實說，我不敢相信是真的，心裏滿是疑竇。」

「你懷疑我是警察的臥底？嘻嘻，你看警匪片太多了。」

「我從不看電影。」

「你現在仍在懷疑？」阿漆瞧瞧她，瞧瞧她手上的警槍，臉上儘量保持笑容。

「在馬路上，看見你那位騎摩托車的兄弟的行徑，我的疑竇登時減了幾分。現在登上魚哥的船，我還會懷疑嗎？」蘭姨咧嘴而笑，笑着把警槍「噗通」的扔進海裏。

相貌所限，蘭姨笑起來，不僅不好看，嚴格劃分，屬於可怕，不過，阿漆看得出，她是寬容的、坦率的。能夠取得她的信任，阿漆也開懷地笑了。

「事情雖然湊巧得不像真實，但，阿漆，終究是你把我從警察手上救出來。我欠你人情。」

「湊巧就當作緣分吧。」

「說得好，是緣分。」

「乘搭魚哥的船，也是緣分。」阿漆暗自抹一把冷汗，「你怎認識他？」

「魚哥間中替我的老闆運貨，我跟他碰過面，稱不上相熟。」

「兩位，換過乾淨衣服再談。」魚哥返回船艙，「阿漆，這袋衣物是小刀留給你的。蘭姨，這套是我老婆的舊衣裳，船上全是男人，沒女裝，沒法子，你遷就一下。」

「沒關係。」蘭姨接過衣服，「挺新的，一點都不舊。」

「我老婆愛買衣服，買了又不穿，把衣櫃塞得滿滿的，潮流一過就不穿，又再買新的，我掙再多錢都不夠她亂花。」魚哥嘴裏埋怨，語氣卻沒半點埋怨的意味。阿漆看他四十出頭，皮膚曬得黑黑的，兩鬢長了少許白髮，臉上、額上的皺紋很深，是風吹浪打的滄桑。開船後，他脫掉外衣，打個光膀子，跑來跑去，肌肉發達的背部、胸部、手臂滿是閃亮亮的汗水。

「這叫作老公本事，老婆享福。」蘭姨欣賞道。

「你別取笑。我只懂開船，及不上你們坤嫂本事。」魚哥拉開板門，「你到裹面換衣服吧。」

「謝謝。」

蘭姨鑽進內艙，魚哥爬上駕駛室，剩下阿漆一人。阿漆打開旅行袋，檢視裹面的衣服鞋襪、鈔票和信用卡，還有一束鏢刀。

漁船緩緩駛出平靜的港灣，水道兩旁泊滿各式各樣的漁船，有人在甲板上喝酒，有人結網，有人看報，都是靜靜的，反而在桅杆上方盤旋的海鷗，聒噪不休。稍遠的貨櫃碼頭，吊臂左右擺動，貨櫃上下升降。一個貨櫃安放在卡車之上，傳來一聲沉甸甸的「登隆」。

阿漆貼近舷窗，左右瞧瞧，螺旋槳把海水攪起一片綠白色的泡沫，在船尾遺下一條慢慢消失的尾巴。前方，港灣以外，寬闊壯麗，海風吹來一陣鹹腥，日光所照的更遠處，海霞氤氳，前路不明。

「砵——」

汽笛聲粗粗響起，驚散一羣海鷗。

阿漆脫去骯髒的囚衣，側頭察看左肩的傷口。傷口隱隱作痛。他想起露絲，擔心她在擔心。港灣內外，船進船出，衞星掃描，難見果效，何況他們跑了一段地下水道才爬出地面，露絲一定為失去他的蹤影而煩惱。這個煩惱總有方法解決，待漁船靠岸，他隨便找間便利店刷卡購物，露絲便可追蹤得到，可眼前另一更大的煩惱，卻難以解決，就是靠岸的問題。登船時魚哥問他們目的地，他說「香港」，蘭姨答「澳門」，話已經說出口，他總不能突然改說「澳門」吧？他若在香港離船，這次的計劃便告吹，阿Wing估計蘭姨越柙後會找行蹤飄忽的坤嫂，阿漆只要跟着她才有機會逮捕坤嫂。

船程大約尚有二十小時，抵達香港前，他一定要想個藉口，把目的地改為澳門。用什麼藉口呢？阿漆煞費苦心。

他穿上衣服，不覺又弄痛傷口，這傷口真是多災多難，縫合、弄開，又縫合，搞不好，不發炎才怪，臨行前，他還為了這個傷口，重重地喝斥露絲一句。

他好生後悔。

對不起，露絲。

*　　　*　　　*

「露絲，直升機來了。」我遙指天空。

天空中，出現一個大黑點。

露絲瞟了一眼天空，便垂下頭，雙手於胸前緊緊互握。不知是陽光刺眼，還是她正低頭向上蒼祈求？

她纖弱的身子在風中微微發抖。我靠前一步，好讓她有個依傍。那黑點漸漸臨近，我清楚認得，那是一架「海王」直升機。

「深圳號」的海軍人員揮動橙紅色的指揮棒，指示直升機降落甲板的位置。

「海王」開始減速、修正前進方向。威廉王子準備降落。

阿漆終於回來了。

醫療人員準備就緒。

「阿漆…… 你要撐住……」露絲的聲音似有若無。

「阿漆他一定會撐住，為了你。」

II 真病假意

越柙成功，偷渡出境；

走私船上真病假意，苦肉計成！

1

釣竿筆直的伸出船欄以外，鉛錘帶着魚絲沉入水裏。海面湧起陣陣白頭浪，浪不大，風不猛，漁船平穩前進。至於海平線以下的暗湧有多強？水流有多急？船上的人難以單憑肉眼來準確估算。

蘭姨安坐板凳之上，手握釣竿，一副神態自若。除了放魚絲，她幾乎沒有動作，任由魚餌包裹尖鉤隨船拖行。

阿漆躺在木板牀上，歪着頭，無聊地觀看舷窗外面的蘭姨垂釣。

漁船上下起伏，他的心緒亦無法安寧，前行有多少凶險？委實難測，他惟有隨機應變，盡力而為。當前最大的難題是，用什麼藉口跟隨蘭姨前往澳門？阿漆絞盡腦汁，終於想出一個不是辦法的辦法—— 生病。

假設，當漁船抵達香港時，阿漆仍軟攤在牀上，病得手腳無力、頭暈眼花，加上沒人接船，按人情道理，魚哥他們應不會趕病重的阿漆離船，也不會在香港水域停留至他病愈。這樣，阿漆就可以順理成章地隨船前往下一站，澳門。

由於魚哥和蘭姨都是老江湖，詐病瞞不過他們，所以阿漆一定要真病。不能像某些擅長躲懶的公務員，佯稱肚痛腹瀉，隨便買張「醫生紙」來向按本子辦事的上司申領病假。搞不好，裝病而惹怒他們，阿漆隨時給扔下台灣海峽。

發燒，自然沒人懷疑。

但好端端的怎會發燒？阿漆把心一橫，利用左肩膀上那個多災多難的傷口。他再次把縫線弄斷，隨手在艙壁抹一把塵埃，塗上去，不消半天，傷口紅腫赤痛，他也開始渾身發燙。於是，他半真半假的倒臥牀上，閉目呻吟，一時嚷頭痛，一時嚷頭暈。魚哥給他退燒藥，他假裝吞服，待魚哥轉身，便把藥丸彈進海裏。

「有魚上釣啦！」甲板有人喊道。

釣竿前半端向海裏彎曲八十度，顯示「漁獲」甚重，是時候考驗魚絲的韌度、釣竿的強度、釣手的技術。蘭姨不慌不忙的站起來，握牢釣竿，把魚絲收放自如，不跟「漁獲」以蠻勁相拚，結果，在一收一放之間，把一尾大魚拉離水面。大魚在空中拚命擺尾掙扎幾下，給一個從旁伸出的長柄魚網套住，生擒到甲板之上。

「嘩！好肥美的鱸魚！足有三斤重。」另一人雀躍地叫道。

「蘭姨原來是釣魚高手，今晚我們有口福了。」說話的是魚哥。

「我家是漁戶，男女老幼都精通打魚。不是我誇口，我五歲就曉得捉魚的本事。」

「我幫忙宰魚刮鱗，來一盤清蒸海上鮮。」

「不，煎魚好吃，夠惹味。」

「你不懂吃別胡謅，活魚宜蒸不宜煎，冰鮮的，宜煎不宜蒸。」

「材料新鮮，蒸煎都一樣可口。各人口味不同，你管得了我嗎？」

「別吵，你們別吵，讓我多釣一些，蒸和煎都有。

到時讓你們嚐嚐漁家的風味。」

「蘭姨萬歲！」

外面的熱鬧，阿漆不能湊，也不敢任意睜大眼睛。較早前，蘭姨替他清潔傷口時，他仗着微燒，儘量放軟身體，能假裝多虛弱就多虛弱，故此，他不能被人看見精神奕奕的模樣。

甲板上的釣魚樂，他不宜好奇，便乾脆合上雙眼。

未幾，一股香味飄進船艙，是滾油爆香蒜泥的香味。

阿漆的肚子「咕嚕咕嚕」作響，這才想起，他大半天沒吃過東西，難免飢腸轆轆。

一陣「滋—— 嘶——」之聲，想是鱸魚下鍋了。想起金黃香脆的魚皮、鮮嫩多汁的肉質，阿漆「咕」的嚥下口水。

另一股香味飄來，這股香味的層次跟先前的大大不同，魚香以外，還包含鹽香、胡椒香、米酒香、魚露香、麻油香…… 蘭姨果然落足材料。

如果蘭姨待會拿一塊給他 —— 只是一塊，不貪心—— 他就心滿意足了。

可是，外面觥籌交錯、碗筷叮咚，「好味、吃吃、乾杯、彈牙」不絕於耳，久久都沒人記掛他。他不能自打嘴巴的神奇病愈，跑出去吃魚，飽食後再度發燒，他只得多嚥口水，強忍肚餓，心裏多想露絲，希望憑着意志和愛情戰勝飢餓——

咕嚕咕嚕……

不久，蘭姨進來，捧着一個碗公。

「餓了吧？吃東西啦。」

阿漆差點從牀上躍起，幸虧他的頭腦清醒，還有自制能力。

「我給你煮了白粥。」

「白……粥……」阿漆好生失望，「沒魚吃……」

「別饞嘴。你的傷口發炎，又發燒，必須戒口。」蘭姨把粥放下，「能自己吃嗎？不能，我可以餵你。」

「我自己可以了，不敢勞煩你。」阿漆緩緩爬起來，端起碗，淺嚐小口。

淡而無味。

「好吃麼？」

「好吃……」他再喝一大口，吃粥療飢，聊勝於無。

「慢慢吃。」蘭姨伸手摸摸他的前額，「還這麼燙。奇怪，怎麼服了退燒藥還不見效？」

「魚哥的藥丸包裝老舊，或已過期失效。」

「對，大男人幹大事，小事往往粗心大意。」蘭姨打量着阿漆的臉，沉默片刻，歎道：「如果我的兒子還在，他該長得有你這般高大、這般壯健，或許會是一塊練武功的好材料。」

「你的兒子不在了？什麼意思？」

「陳年舊事，不說了，吃粥吧。」

「是。」阿漆把餘下的半碗白粥一口喝光，放下碗公，舐舐嘴唇，試着問：「提起武功，我看你的身手矯捷，武功不弱，哪裏學的？」

「叔叔教的。我家在湄公河下游。叔叔仰慕中國功夫，年輕時，沿湄公河北上，到中國的雲南拜師學藝，練得一身好武功，十八般武藝皆能。他見我活躍好動，便傳授我一些粗淺皮毛的入門功夫。」

「不是粗淺皮毛，在醫院裏，你反握剪刀的手法和身法，是娥媚刺的絕招，等閒人使不出來。」

「果然是行家，眼光不錯。唉！可惜，今時今日，武功高強，有啥用！遇上機槍火炮手榴彈，還不是要乖乖投降？」

「說的也是。」阿添完全同意。

「不聊了，吃完粥，你好好睡一覺。」蘭姨拿起空碗，踱出船艙前回頭，又看了阿添一眼。

阿添確實有點累，便躺下休息，但他不敢熟睡，只是閉目養神。沒多久又有人進來，這趟是魚哥，他搖「醒」阿添，有事詢問。阿添裝出一副不清醒的樣子，把雙眼瞇成一線，含含糊糊地吐出一句：「什麼事？」

「我們天亮便抵達香港水域，你要在哪兒下船？屯門還是西貢？」

「宜蘭。」

「哎喲，我的天呀！我們離開台灣很遠了，前面是香港，什麼宜蘭！」魚哥探一下他的額頭，再摸自己的額頭，「原來還沒退燒，怪不得，胡言亂語。」

「……」阿漆再咿咿哦哦的吐出幾個不相干的單字。

魚哥沒耐性，跑出船艙找蘭姨投訴。阿漆聽見他說：「不是辦法，他病成這個樣子，答非所問，你教我在哪兒停船？而且，他病得這麼重，不知害什麼病？也不知會不會傳染旁人？」

「小事，小事，傷口發炎罷了，退了燒，人便清醒。」

「說來奇怪，他明明服了退燒藥，怎會全沒見效？」

「你的藥物是否放得太久？已過期失效？」

「有這可能，我也忘了何時買的。管它，我是走私客，不是藥劑師，我收錢載人，不管死活，船一到香港，隨便找個地方靠岸，我讓他下船。要是他走不動，我便抬他上岸。」

「不行！他病得頭昏腦脹，怎麼可以讓他獨自上岸？

這樣吧，你直接駛往澳門，我帶他上岸看醫生，病好了，他自行由澳門返回香港好了。」

「你說的啊！那我直航澳門，節省時間和燃油。」

「去吧。就此決定。我欠他人情，就當償還人情債。」

「這個世代只講利益不講義氣，你卻重情重義，難得！」

「人家不論對我好與壞，我都時刻記住，他日加倍償還。這是我做人的原則。」

「蘭姨，我服了你。」

阿漆聽在耳裏，心裏暗叫一聲「好嘢」，苦肉計總算成功。他可以安心前往澳門，也可放心小睡片刻，不用擔心睡着了被魚哥扔到海裏或拋上岸邊。

「呵……」他打了個長長的呵欠。

2

「阿漆……」露絲仰望天空。

「海王」直升機飛臨「深圳號」導彈驅逐艦上方，進入懸停狀態，尾槳逆時針擺動七十五度，修正降落方位，與軍艦平衡。四塊旋翼搞動氣流，在我們頭頂颳起大風。

我們不得不稍為退後。

「頓 —— 軋 —— 」直升機順利降落甲板，機門趟開。

醫療隊員彎起腰，推着輪牀跑過去。我扶着露絲趕緊跟在後面。

看見阿漆了。他裹着毛毯，由英軍機員扶到機門前面，臂上打着點滴。醫療隊員合力把阿漆扛上輪牀，有人從英軍機員手中接過點滴包，有人為他戴上氧氣鼻管。

看時，阿漆雙目凹陷，唇乾嘴裂，臉部因曬傷而浮腫，身體嚴重脫水。他的神情呆滯，對我和露絲視而不見。

我喚他都沒反應，露絲「哇」的一聲掩面而哭。

海上漂流，九死一生，能保住性命已是奇蹟，難道還指望阿添精神飽滿的跳下直升機嗎？

*　　　*　　　*

岸上看海，水色瀲灩，波光粼粼，是為觀賞；船上看海，風吹浪飄，浮游逍遙，是為感悟。

阿添置身臨海高樓，面向無敵海景，跟在船上比較，他心裏多了一分踏實，不僅因為「腳踏實地」，更因計策奏效，不必為擔心跟丟蘭姨而發愁，感覺實在得多。

蘭姨把他帶到氹仔一個住宅單位，並告訴他這是坤嫂的物業。原來坤嫂在澳門沒有「分公司」，只與本地黑幫合作，反而在香港僱用一幫人為她工作，頗見組織，若非這幫人上月被警察拘捕，蘭姨在香港上岸也會有人接應，更為方便。

阿添看看腕錶，蘭姨外出購物兼找醫生已經十五分鐘了。

他可以動身。

即使屋內安裝了固網電話，但他不敢使用，借助樓下的便利店，應該沒問題。他要儘快通知露絲他的所在，免她牽腸掛肚。

阿添快步來到樓下的便利店，本想刷卡購物，瞥見牆角置了一台附設信用卡收費的公共電話，他考慮片刻，遂刷卡打電話給——我。

我接聽。

阿添大略交代逃離台灣的過程，以及目前的狀況。談了一會，他看見蘭姨與一個中年男人乘的士回來，在便利店門外下車，便立即掛線，隨手在雪櫃取了一包三明治，付錢離開。

「阿添。」

「啊，蘭姨。」

「你不好好休息，下樓幹什麼？」

「我肚餓，買三明治吃。」

「這位是趙醫生，我請他來看看你。」

「趙醫生，麻煩你了。」

「不用客氣，我們到樓上談。」

*　　　*　　　*

「阿Wing——」

「對啦，露絲，我正想找你……」

「你先聽我說，阿添五分鐘前在澳門用信用卡打電話到香港。我要查出他打電話給誰。」

「不用查了。」

「為什麼？」

「他打電話給我。」

「他打電話給你！」

「嗯哼。」

「他說了些什麼？他有機會打電話，幹嗎不打給我？」

「他交代逃離台灣的過程和目前狀況。至於他何以不給你電話？唔，或者電話線路不通吧。」

「過去半小時，我沒通過電話。」

「又或者，時間緊迫，他不能多談。」

「我不明白。」

「我只是就我所見、所知，作出猜測。他也許覺得交代公事，找我較為適合。」

「阿Wing，我知道你想說什麼。你錯了，我絕對適合跟他談公事，儘管我們是男女朋友。我是個公私分明的人。」

「算了吧，露絲。你跟我就是公私分明，你跟阿漆卻是公私不分。旁觀者清，依我觀察，你們幾乎天天鬥氣吵嘴，尤其是你，動不動就發脾氣。需知道，耍花槍這回事，久不久來一兩次是情趣，若次數頻密，會影響情緒，造成不必要的困擾。」

「你說來說去，就是指責我們不夠專業、感情用事、拍拖影響工作。不公道！」

「什麼不公道?」

「你跟R何嘗不是拍拖？若我們不專業，你們同樣不專業。」

「並非每一對職場戀人都因拍拖而影響職務。R跟你不同，R是個事業型女性，熱愛工作，除非抑鬱症復發，她不會過分倚賴我，也不會把兒女私情放在首位。」

「那麼你呢？」

「我？我亦一樣，絕對專業、公事私事、毫不含糊。R從來不會影響我的工作。」

「錯啦！旁觀者清，並非R不影響你工作，實情是，你愛真生多於R。」

「嘎！」我大吃一驚，嚇得「趴」的一跤跌坐地上，也顧不得屁股疼痛，立刻跳起，趨前跑後，瞄左瞥右，吁，幸虧附近沒人。這是「死罪」，R在幾分鐘前經過門外，不知她可有聽見露絲的話？

「R趕着去開會，你放心好了。」露絲一臉幸災樂禍。

我向她握拳怒瞪，悄聲說：「你再亂說話，小心我殺人滅口。」

*　　*　　*

「死不了，不礙事。」趙醫生放下聽診器。

「那我就放心了。」蘭姨為趙醫生添茶，「多喝口熱茶，再給他處方開藥。」

趙醫生端起茶杯，想了想，道：「我明白你們都是那種不方便到診所、藥房的人，所以帶了一些藥物過來，也有合用的。」他放下茶杯，打開公事包，逐一取出小包小包的藥丸，「抗生素、消炎藥、退燒藥，每日三次，每次一粒，抗生素須服完為止，退燒藥沒需要可停。另外，這盒藥膏有助消炎鎮痛生肌，直接塗在傷口上即可，也是每天三次。」

「謝謝你。」阿漆即時服藥，這次非常合作。

「不用謝我，你感謝坤嫂吧。醫藥費我記在她的賬上。」趙醫生放下藥膏，挽起公事包，「我告辭了。」

「我送你。」

「代我問候坤嫂。再見。」

趙醫生離去後，蘭姨關上大門，折返客廳，才走了兩步，門鈴響起。蘭姨回身瞄瞄防盜眼，狐疑地說：「是趙醫生？他遺下什麼嗎？」於是打開大門，門一開，趙醫生跌了進來，蘭姨慌忙扶住他。

兩名漢子快步閃進，各握一柄「黑星」手槍。

蘭姨把趙醫生扶到客廳，讓他坐下，轉身瞅瞅兩人，冷冷地問：「幹什麼？想打劫嗎？也不打聽這裏是誰的地方？」

「這裏是坤嫂的地方嘛，我們知道。」另一人大模大樣地走進來。

兩名槍手讓在一旁，左邊那人關上大門。那個老大模樣的人，四十來歲，尖削臉孔，三角細眼，下巴蓄了一束「羊咩鬚」，身披黑皮褸，左頰有一道三、四厘米的疤痕。

「我以為是誰？原來是你，刀疤四。」蘭姨雙手叉腰。

「坤嫂呢？」刀疤四轉動小眼，四處打量。

「她沒來澳門。」

「蘭姨，不要說謊了。你是她的貼身保鏢，你在這裏，她怎會不在？她到哪裏去了？」

「刀疤四，你以為自己是誰？坤嫂幹嗎要忌諱你？」

「她當然不怕我，要不然，就不會吞我的錢、賴我的貨。」

「正如你所說，我只是保鑣，買賣的事輪不到我管，但凡事講道理，交易講行規。貨未到澳門，有何閃失，當然由賣方承擔；貨到達澳門，則由買方負責。那批貨，上岸後被警察截獲，就與我們無關了。」

「哼！總之我沒收過貨。」刀疤四一拳擊打桌面，「你們只有兩條路，一，退錢兼賠償利息；二，另補一批貨給我。」

「錢、貨都沒有，休想做夢！」蘭姨寸步不讓。

「那麼，我只好扣留你作人質，逼坤嫂現身交代了。」

「你先讓趙醫生離開，他上門治病而已，跟這宗交易無關。」

「趙醫生還是留下來好了，免得麻煩。」一直冷眼旁觀的阿添開腔，「讓他留下來，好及時替他們療傷。」

「小子，你……」

「颼——颼——」

白光閃過，屋內各人只感寒風一陣，兩柄鏢刀已插進兩名槍手的手腕。兩人頓覺手腕一涼，仍未覺痛，手筋已遭切斷，手指不聽使喚，手槍脫手丟下——

「砰——」

其中一柄手槍觸地走火，流彈誤中蘭姨的右腳小腿。

蘭姨臉容稍稍扭曲，卻一聲不哼地退後一步，把重心移到左腳，靠牆站穩。

阿漆飛身躍過長沙發。沙發上的趙醫生忽覺頭頂風過，阿漆已落在眼前。人未着地，阿漆揮刀向外劃出，刀疤四慘叫一聲，左頰血流如注。

「你的刀疤長些、深些，更似一條喪家犬。」阿漆一把揪住刀疤四的衣領，用刀尖指着他的眉心。

「大哥饒命……」刀疤四惶恐地瞅着明晃晃的刀尖，一雙眼珠不期然向內移，形成一雙「鬥雞眼」。

「想要命，就快快給我滾蛋！」阿漆把他狠狠地推到大門前面。

「是。」刀疤四和兩名手下負傷開門，逃出屋外，生怕阿漆改變主意。

「哎！」蘭姨支持不住，扶着牆壁坐在一張高背椅上，「刀疤四在澳門頗有勢力，所屬幫會人強馬壯，阿漆，你不該⋯⋯哎喲，我的腿⋯⋯」

「讓我檢查。」趙醫生拿起剪刀，小心翼翼地割開蘭姨的褲管。

「對不起蘭姨，你們的交易跟我無關，我本不該插手，但那傢伙的嘴臉太可惡，態度太囂張，我沉不住氣才出手⋯⋯」

「傻小子，我不是責怪你。剛才你若不出手，我也必定會出手，我的意思是不該放生他們，你應該殺了他們。」

「啊？」阿漆從沒想過取刀疤四的性命，畢竟販毒和恐嚇罪不致死。

「你放虎歸山，他一定糾集人馬回來尋仇。江湖凶險，不是你死就是我亡，你要學的功課尚多。」蘭姨低頭問：「趙醫生，我的傷不礙事吧？我要動身了。」

「子彈穿出體外。我現在就替你清理傷口，止血消毒。但你不能走動，要多休息。」

「不行，此刻若不走，後果不是休息，而是長眠。」

「我揹你走吧。」阿漆拍一下胸膛，「你要往哪裏？」

「金三角。」

「金三角……」阿漆暗暗竊喜，真想給刀疤四的手下一個九十度鞠躬，多虧他們那顆流彈。

「別怕，我不是要你去金三角，你送我到機場就好。趙醫生，可以了吧？」

「差不多了，我把傷口縫合，你便可動身。你等一等，讓我找麻醉噴霧……」

「動手吧，別浪費時間，快些搞定它。」

「好，你忍住痛。」趙醫生開始替蘭姨縫合小腿的傷口。

蘭姨眉頭一蹙，針已刺入，但她依然神態自若，足見是個吃慣苦頭的人。

「蘭姨，我不是怕，我反而希望到金三角闖一闖，跟你們吃大茶飯。我回去香港幹走私，始終沒作為。」

「嗯，以你的身手，應該合用，不過，坤嫂做事素來謹慎，我不保證她最終用不用你。」

「那就碰碰運氣吧。到時請你替我引見，並在坤嫂面前說句好話。」

「一定。」

「成了。」趙醫生剪斷多餘的線口，「記住這兩天內別弄濕傷口。」

「曉得。」蘭姨單足站起，「我去換衣服。趙醫生你先走，保重，小心。」

「我回珠海玩幾天，避避風頭。後會有期。」

*　　*　　*

「滅口？滅誰的口？」阿Ken捧着一盒外賣食物進來，「我給大家買了甜甜圈，先享受口福，再談滅口。」

「不吃。」露絲鼓着腮幫子。

「不吃。」我也沒胃口。

「不用客氣啊！難得我請客。你們怎麼不賞臉？」阿Ken聳聳肩頭，一臉不解，拿起一個甜甜圈，一口咬掉半個，上下唇、兩頰全是砂糖。他這副食相，實在教人不敢恭維，如果以「豬食餿」來形容，或許是對豬的侮辱，因為有人說豬是聰明和愛清潔的動物。不同意？有沒有看電影《寶貝小豬嘜》？起碼經過荷里活式包裝，電影裏的小豬確在觀眾心目中建立一個聰明和愛清潔的形象。

露絲板起臉孔，坐到電腦前面，啟動間諜軟件，登入澳門政府的電腦系統，在機場、碼頭、車站、出入境管制站、道路監測系統等處，一一建立監察點。她決心要找到阿漆的下落。

阿Ken吃得很快，嘴巴「雜雜」的咀嚼幾下，只見他的喉頭動了動，半個甜甜圈「骨碌」的沿食道吞下肚裏，然後豪邁地打個嗝，再把另外半個也塞進口裏。

我不想看他，怕反胃，也不想看露絲，怕「反肚」，惟有看自己的手指，指甲有點長。記起有一段日子沒修剪趾甲了，於是把腳悄悄從大頭涼鞋裏褪出來。嘩！趾甲果然很長，便掏出鑰匙扣，打開繫在扣上的指甲鉗，曲起腿，腳板踩在椅上，低頭選定腳拇趾，那片趾甲最長。看起來相當硬，試剪下去，它頑強地與指甲鉗對抗，要用點力，「啪——」一片新月形的趾甲彈飛而起，自指甲鉗出發，上下打轉，姿態自由奔放地飛越露絲的頭頂（好險），在空中描了一道優雅的弧線，像臨摹彩虹的軌迹，然後力盡而降，落在阿Ken甜甜圈的盒子裏！

3

的士停在交叉路口，車窗左側是一所大學，灰白色的外牆，四、五層高毫無特色的校舍，聊備一格的球場、校園，跟右側、前面、後面那些金光燦燦、巍峨聳立、富麗堂皇的賭場相比，就外觀而言，這所大學說得含蓄一點，屬於樸實，說得坦白一點，屬於寒傖。阿漆不禁搖頭，單單比較大學的「建設」與賭場的「建設」，這個城市所看重的，不言而喻，儘管當地政府每年慷慨地向每名市民派發幾千元，試問，幾千元可以吃多少餐？可以賭多少局？錢花光了，一切照舊。知識改變命運，教育是社會的根本。阿漆在鄉間長大，窮家出身，深明這個道理，短視的人為短視的政策鼓掌，鼓勵短視的政府繼續短視下去，可悲的是，有些香港人為了那幾千元，嚷着要做澳門人，想到這裏，阿漆不禁歎氣。

「怎麼歎氣了？」旁邊的蘭姨問。

「沒什麼。」

綠燈亮起，的士繼續開行。

「擔心這個？」蘭姨掀開她的「護照」，半小時前，他們在塘巷找一個叫大安的「偽證專家」造的，由於臨時趕製，大安收取三倍費用。離開氹仔前，蘭姨打開住宅睡房的保險箱，把錢拿光，阿漆沒留意內裏有多少錢，但印象中是厚厚的一疊。

「的確有點擔心。」

「不用擔心。還有這東西加以輔助。」蘭姨抽出一張美鈔。

又是錢！阿漆沒法否定錢的效能，特別是貪污成風的地區，你在護照裏夾幾張大額美鈔，海關關員自會讓你路路暢通。

的士拐彎左轉，開入雞頸馬路。

「在機場該走右邊。」蘭姨提醒司機。

「剛接到行家通知，右邊堵車。」司機指指掛在耳朵上的藍芽，「機場附近發生交通意外，我們要繞路。」

阿漆大感不妥，反問：「為什麼只有你繞路？其他汽車仍舊往右駛。」

「我們開的士的，消息靈通嘛。」司機在勉強砌詞。

「停車！」阿漆喝道。

「Okay，我停車，我停車，別動氣。你要堵車，我掉頭，沒問題。」司機把車子靠路肩停下，在一個公園對面。車一停定，他馬上打開車門，一溜煙似地逃進公園裏去。

「小心。」蘭姨環顧四周，小心戒備着。

公園很靜，雞頸馬路也很靜，周遭惟一的噪音似乎來自後面高勵雅馬路上的汽車，一輛接一輛的經過雞頸馬路的路口，往機場駛去。

阿漆曲身鑽進駕駛座，才坐定，前方殺聲震天，但見一幫人迎面衝殺過來，人人手執武器，個個凶神惡煞。為首的，正是臉上貼着大塊膠布的刀疤四。幸虧阿漆和蘭姨機警，及早喝停的士司機，不然，兩人被載到前面的伏擊地點，他們一定中伏。

「對方人多勢眾，不宜硬碰。走為上着。」阿漆拉波棍、轉後檔、踏油門，已來不及掉頭，惟有倒車。

刀疤四邊跑邊拔槍，瞄準阿漆。

「砰——砰——砰——」

車頭蓋和前防撞欄各中一彈。另一彈，射在柏油路上。他的準頭差劣非常。

「哼！我沒說錯吧！你手下留情，他卻不領情！」蘭姨破口咒罵，「刀疤四，下次你落在我手裏，一定不得好死！」

阿漆再加速，四條車輪遠勝過一雙人腿，的士與追兵的距離愈拉愈遠。阿漆盯着倒後鏡，即將到達高勵雅馬路，待要減速之際，驀地——

一輛客貨車從高勵雅馬路轉入雞頸馬路，倒後鏡的影像瞬間被客貨車完全霸佔。

「龐——」

的士猛烈震動。阿漆的側額撞着玻璃窗，叫他金星直冒，心臟幾乎停頓，腦袋裏好像多了一台打樁機不住轟轟作響。在轟鳴聲中，他似乎聽見車尾玻璃碎裂，似乎聽見蘭姨尖叫，然後眼前一片眩目的白光。經驗警告他，他快將失去知覺。

*　　*　　*

「傷者失去知覺。」其中一個醫療隊員報告。

「心跳減弱，數字急跌。」另一人報告。

「給他打一劑腎上腺素。」軍醫作出指示。

我踮直足尖，在醫療隊員頭頂拚命喊道：「阿漆！

你不要睡！」

「阿漆，不要睡呀！」後面的阿Ken跟着叫喊。

輪牀慢下來，有人替阿漆注射，針藥從鹽水點滴的管道直接輸進靜脈。

「阿漆……」露絲在我身旁抽泣。

「心跳回升。」

「繼續，送傷者往醫療室，快！」

阿漆微微張開眼睛。他的鬥志頑強，不會輕易被擊倒的。

* * *

「我不能睡。我不能睡。」阿漆不住提醒自己。意識裏，他明白不能閉眼，一秒都不能，因為不消三秒，刀疤四便殺到，到時被困車內的他和蘭姨都會命喪當場。他的雙手本能地到處摸索，像遇溺的人亂抓亂拍，盼望抓着一根活命的水草。聽見雜沓的腳步聲來到車旁，後座的蘭姨依稀在喊：「阿漆，你不能睡。阿漆，我這邊的車門卡住了，你不能睡。」

阿漆的右手觸及門把，沒有思考餘地了，他扭動門把，肩頭一靠，開門滾出車外，手肘撞着一人的足踝，心想，這是惟一的機會，他的右手攫住那足踝，左掌順勢往上劈打對方的腿彎，一擊即中，那人怪叫一聲，跪倒在阿漆身前。打個照面，那人正是刀疤四。

阿漆隨即施展擒拿手，左手扣握刀疤四的喉頭，右手奪過他的手槍，反過槍口抵住他的太陽穴，喘着氣在他耳邊說：「叫你的人……在我眼前消失……否則……我一槍……射爆你的頭。」

其實，阿漆僅餘的一絲氣力，只足夠撐起眼皮，根本無力扣扳機。刀疤四亦察覺阿漆的指頭變得鬆垮垮的搭在自己頸上，毫無壓力可言，奈何，抵住太陽穴的終究是手槍，他不敢輕舉妄動。

刀疤四的手下團團圍着的士，眾人面面相覷，誰都拿不定主意。當中有人見阿漆沒神沒氣的，大着膽子，躡手躡腳的繞到阿漆身後，看準他的後頸，舉起西瓜刀——

就在此時。

的士後座車門「彭」的飛脫，撞着那「西瓜刀男」，連門帶人，連人帶刀，一同飛越車路，摔落對面的行人道上。

「刀疤四，你活得不耐煩嗎？老娘先前放過你，你不識好歹，竟反過來伏擊老娘。」蘭姨一步一拐地跨出後座車廂，取過阿漆手上的槍，對準刀疤四的前額。

「饒命啊，蘭姨！饒命……」

「不可殺他。」阿漆不再苦撐，讓眼皮垂下，「他一死，他的手下便擁上來。」

「對，拿我作人質。大家都平安……」

「砰——」

「哎！媽呀——」刀疤四大腿中彈，殺豬似的慘叫。

「喂！你們還不遠遠退開，下一彈我就要他腦袋開花。」

「退開，你們快退開。好痛，哎喲……」刀疤四痛得死去活來。

眾人投鼠忌器，紛紛退後。

「阿漆。」蘭姨踢一下阿漆。

「我還撐得住。」阿漆張開眼睛，暈眩減輕許多，已沒腦袋裏的轟鳴，他用手肘撐起身體，扶着的士車頭慢慢站穩，看看車尾，的士車尾行李箱和客貨車車頭一併損毀，客貨車司機逃命去了。阿漆爬回的士駕駛座，嘗試啟動引擎，引擎轟然轉動，並且轉動暢順，再踏油門，也沒問題。

「蘭姨，上車吧。」

「等一等。好事成雙，讓我多送他一彈，教他學乖，日後自會懂得尊重前輩。」蘭姨對準刀疤四的屁股。

「砰——」

*　　*　　*

「吃不得！」我揚聲喝止。

阿Ken剛剛拿起另一個甜甜圈，把黏滿砂糖的嘴巴張得大大。這趟他有意刷新個人紀錄，把整個甜甜圈塞進口裏。甜甜圈背面端端正正的插着一片趾甲，像一把小人國的彎刀，插在格列佛的午餐麪包上，或許它太小了，阿Ken沒留意，或許只有我這種作賊心虛的人才注意到它的存在。

「為什麼吃不得？你想吃就拿去吧，犯不着這樣。」

「不，我不想吃。」

「那你為什麼不准我吃？」

「因為……」

露絲亦覺奇怪，目光由屏幕轉移到我、阿Ken和甜甜圈，最後焦點跟阿Ken一樣，落在我身上，等候我說出一個不准他吃甜甜圈的合理原因。

忽然，露絲的電腦屏幕閃出一個100% match的訊號。

「因為……」我指着屏幕，緊張兮兮地說：「有阿漆的消息。」

露絲和阿Ken的焦點馬上回到電腦的容貌識別系統，原來露絲設置在澳門機場的監察點，擷取到一張阿漆的照片。照片裏，阿漆站定仰臉，面向機場出境櫃枱的CCTV，他有意配合我們追蹤行蹤。

露絲抓起對講機，呼叫道：「阿莫──」

「阿漆在澳門嘛，我也發現了。等一等，他用假護照，乘搭澳門航空的NX882班機，直航曼谷。」

「曼谷……」露絲思忖着道。

「曼谷，好哇，阿漆離目標又近一步了。」阿Ken張口吃甜甜圈。

「你還吃！」我趁機發惡，奪去他手上的甜甜圈，連「彎刀」一起扔進垃圾桶，「快去收拾裝備，我們出發往曼谷去。」

其實，我發惡，亦假不了。阿漆愈接近目標，處境愈危險，愈加需要我們的支援。阿Ken滿腦子都是吃，毫無意識去支援同伴，實在該打該罵。

III 湄流劫

罪惡金三角，罌粟花怒放千年；鴉片買賣、
老鼠湯飯、邪術盛行，令人生厭。

1

湄公河像一匹神奇的長布，摩托木船像一把鋒利的剪刀，「剪刀」不斷向前，分開河水如剖開布匹，不費吹灰之力。木船駛過之後，螺旋槳在水裏的餘力消散，河水從兩側匯合，水面回復波平如鏡，復像一匹完整平直的布，不留一絲剪痕。

湄公河又像一匹變色的長布，混濁的茶色、明澄的藍色、泥巴一樣的黃、水草一樣的綠，一段有一段的水色，一程有一程的風光。阿添戴上太陽眼鏡，縱目聘懷，天高雲淡，河水清澈，兩岸柳絲輕拂，遠近山光樹影，茅屋漁棚，一併納入河中，風曳波翻，節奏輕盈。

阿添和蘭姨在曼谷待了六天後，僱車到曼谷西面的蒙河，登上這艘木船，沿河西行。蒙河長673公里，是湄公河最大的支流，於泰國與老撾的邊境匯入湄公河。他們的木船於泰國邊境逆流而上，望湄公河上游進發。

蘭姨在曼谷聯絡上坤嫂，坤嫂為她安排取道水路返回金三角，理由是，這陣子國際刑警對坤嫂追得特別緊，湄公河上，大船小艇絡繹不絕，蘭姨又戴起草帽，終日坐在船篷之內，像一個尋常的漁婦，能輕易避過警方耳目。

在曼谷時，大概經坤嫂提點，蘭姨的行藏非常隱祕，六天轉換四個地方停留，以確保沒被警方跟蹤。可惜，她忽略了阿漆這個臥底就在身邊。每路過政府建築物時，阿漆總不經意地抬頭讓CCTV清楚拍到容貌，方便我們追蹤。

*　　*　　*

在他們離開曼谷的前一天，我與阿漆終於「偶遇」，在曼谷水上市場。

阿漆跟蘭姨當時住在湄南河邊，離水上市場不遠。阿漆說困悶了幾天，想到外面逛逛。蘭姨見他一路循規蹈矩，又不是泰國警方的通緝犯，便讓他外出一小時。我和露絲、泰臣、阿Ken追蹤到曼谷，苦候數天就是為了這機會，我立即黏上假鬍鬚，跑到河邊，坐在阿漆身旁的木長椅上，一邊看書，一邊喝啤酒。天氣酷熱，我要喝啤酒消暑。阿添也在喝啤酒，他一直注視河裏的小艇和艇上的水果、熟食，沒瞧過我一眼。

「露絲、阿Ken和泰臣也來了。大家掛心你。」我特意lady first。我與R、阿添與露絲，都屬「地下情」，阿Ken和泰臣同時透過我身上的器材監聽對話，所以，我措詞謹慎。言者有心，聽者有意，阿添和露絲一定聽得明白。

「我的傷已痊愈七七八八，任務進展不錯。請露絲他們不用記掛。」

阿添簡略交代澳門的事。對於任務，我們交換了意見，結論是，坤嫂已潛返金三角，阿添隨蘭姨北上，定會在金三角某處跟坤嫂碰面，我們到時來個裏應外合的逮捕行動。

沒有蘭姨「帶路」，我們根本沒法找出坤嫂的藏身點，因為坤嫂這些毒梟，在金三角一帶幹了許多修橋補路之類的「善事」，既收買民心，又行賄地方警員，我們一踏足金三角，一眾「地頭蛇」便爭着向坤嫂傳送風聲。蘭姨這條線索，無論如何都不可甩掉。

「聽說，醫生為刀疤四開了一個人造肛門。」我合上書本，最後補充一則八卦消息，「餘生，糞袋常在他左右。」

「蘭姨的手段狠辣，刀疤四能保住性命，已屬走運。」阿漆喝光剩下的啤酒，「蘭姨是個大情大性的人。待你好，她可以死心塌地，連自身性命都不顧；待你差，她要取你的命，眼也不眨一下。非常極端。」

「目前看來，她對你挺好的。」

「當她日後知道我是臥底，不把我碎屍萬段才怪。」

「那就永遠別讓她知道囉。」

阿漆回望船篷裏的蘭姨，她怔怔地瞅着河中心一艘漁船起網。曾是漁民的她，自然被行家起網撈魚的動作吸引。可惜，漁夫的運氣奇差，這一網只撈得幾條小魚。

阿漆為方便我們的衛星鎖定目標，在船頭坐了一段時間，烈日當空，他於是鑽回船篷裏，隨口找句話說：「他的運氣很差！漁獲少得可憐。」

「與運氣無關。」蘭姨語帶傷感，「漁獲少是必然的，是人禍。湄公河畔的老百姓生活愈來愈苦。」

「為什麼？」

蘭姨重重歎了口氣，沒回應。相處了個多星期，阿漆大略摸熟她的脾性，要是她不想說話，嘴巴像被AA超能膠封黏一般，撬不開半分。阿漆無意追問，乾脆躺在船板上，用手墊着後腦勺，架起腿，休息片刻。船夫也是一個不大說話的人，獨自坐在船尾掌舵，可以半天不發一言。

船上、河上都謐靜得很。

阿漆開始眼睏，驀地——

「我是柬埔寨人，住在茶膠省磅粒村。」蘭姨垂頭瞧着河水，彷彿向水中的倒影細訴往事，「年輕時，家鄉的湄公河水道，每天都有二、三百艘漁船同時下網。哪裏有水，那裏就有魚，何時下網都有漁獲，運氣最差的一網亦有二、三十條魚。聽老漁民說，湄公河的魚類超過一千種，常見的有羽背魚、鯉魚、鯰魚、鱥魚、頜針魚、蛇頭魚、沼地鱔、卑視魚、鼓聲魚、南鱸、絲鰭魚、蝦虎魚、鯖魚、線足鱸、棘魚、鯡魚、鯷魚，當然還有蝦、蟹、蛇、蛙、蚌等等。連小孩們都懂得捉魚，每天放學回家，我兒子放下書包，換過衣服，便與鄰舍的小孩跳進河裏捉蝦捉魚，活潑快樂。我們作父母的，從沒擔心他葬身河裏……」

她的話戛然而止。

阿漆微啟眼睛，詫異地看到她淚流滿臉。阿漆記起她說過兒子不在，便聯想到或因捉魚而在河裏溺斃，憶及喪子之痛，淒涼傷心乃人之常情，凶悍如蘭姨也會感觸落淚。白頭人送黑頭人，人間至慘莫過於此，事隔十多年依舊肝腸寸斷，不難想像打擊之沉重。阿漆本想安慰她幾句，但一來不知底蘊，二來自己不善辭令，恐怕多說多錯，最佳的做法是不說不錯，安安分分地做一個聆聽者。

「要你聽我說悶話，別介意。」

「不，我不介意。」

「那年是 1987年，漁場的人終於來到磅粒村。之前，政府逐步把湄公河劃成一個一個漁場，聽說有二、三百個之多，把漁獲豐富的河道租給外國財團、企業。官方的說法是，商業捕魚、養魚，能為國家帶來更大收益。

收益到底有多少？我們老百姓無從知曉，但漁場把我們趕上絕路，就是事實。住在別省的親友說，漁場主人指派扛着機關槍的守衛日夜把守河道，不准漁民接近，又經常打傷開船經過的漁民、沒收工具和漁獲。漁民靠捕魚養家，卻要向漁場繳交林林總總的費用，或替漁場打工來賺取微薄收入。我們磅粒村上下當然強烈不滿，叔叔帶領村人反抗，把漁場的人趕走了。我們天真地熱烈慶祝，可是，過了幾天，軍隊進村屠殺，叔叔第一個被殺，他空有一身武功，身中五、六顆子彈，當場喪命。接着中槍的，還有我丈夫、兒子。他們倒地後，不知生死，統統被士兵拋進河裏……」

家破人亡，阿漆實在不曉得該怎樣安慰，不管你如何能言善道，人的言語沒法幫助失喪的人釋懷解恨。

阿漆知道，柬埔寨和其他湄公河流域的國家，長年經歷人禍。他唸大學時主修歷史，研究過冷戰時期的東南亞政局。當年美軍為要把共軍逼出森林，不惜在湄公河流域大量噴灑橙劑、白劑、藍劑等有毒化學物，引致樹木落葉、枯死，甚至投擲燃燒彈，直接焚燒森林。被毀的林地、農地廣達二萬二千平方公里，同時遺下八千七百萬公升化學物質，造成土地的永久損害。自此，湄公河流域的林業、農業遭到災難性的摧毀，戰後至今超過半個世紀，還未恢復過來。

與農業息息相關的漁業，在戰後因各種污染、濫建水壩、過度捕捉而大受打擊。至於充斥湄公河的漁場、蝦場，亦衍生不少問題，由於單一飼養、密集飼養，魚蝦容易受病菌感染，場主於是濫用抗生素、化學劑、消毒劑、殺蟲劑，破壞水質之餘，反過來令飼養的魚蝦抗病能力下降，更易受到病菌感染，陷入惡性循環，而受化學污染的河水流入農田，又帶來農作物的破壞，陷入另一惡性循環。

最終受苦的都是老百姓。

「我當日也中槍受傷，本想跟丈夫、兒子同生共死，可是迷迷糊糊間又活了過來，轉念之間，想到『報仇』二字，便咬緊牙關，負傷逃亡，勉強生存下去。後來，我在泰柬邊境遇到坤沙將軍，他救了我，使人治好我的傷，還留下我來保護他的女人。」

「就是今天的坤嫂？」

「不。坤嫂那時還在美國讀書。坤沙將軍叱吒風雲，他哪會只有一個女人？」

「九十年代，坤沙將軍向緬甸政府投降。那時你在金三角打滾接近十年吧？不累嗎？何不趁機退下來，過平靜安逸的生活？老實說，你的年紀不輕了。」

「我的確不年輕。但坤沙將軍退休，坤嫂繼承了販賣大煙的生意，我有責任繼續保護她。」

「為什麼？」阿添聽得一頭霧水。

「坤嫂把大煙販運到歐美國家，讓那裏的年輕人吸食上癮，成為沒用的廢物、社會寄生蟲。他們的企業、財團昔日勾結本地貪官，強奪我們的湄公河，殺我親人，毀我家園。現在，我就用這方法間接地與他們作個清算。」

阿漆想到，百多年前，在緬甸撒下第一把罌粟種子的，不是緬甸人、泰國人、老撾人，而是1826年的英國殖民者。罌粟源產於地中海東岸，最初限於藥用，如止痛、鎮靜、安眠。英國人佔領緬甸後，成立東印度公司，教導山民種植罌粟，製煉鴉片，分銷世界各地，當中包括龐大的中國市場，英國人輸入黑烏烏的鴉片，賺取亮閃閃的黃金白銀，一本萬利。1893年，法國人佔領老撾，效法英國人在老撾北部山區教導山民廣植罌粟，雙雙成為「東亞大毒梟」。1954年，美國取代法國控制老撾，推行「扶毒剿共」政策，以合作經營毒品貿易為條件，建立以苗族武裝為主體的「特種部隊」，對付共產黨。

機關算盡、損人利己的歐美統治者，沒料到，到了二十世紀末，歐美毒品市場裏六成以上的海洛英，來自他們一手建立的金三角。時至今日，全球吸毒者人數超過二億，毒品交易額高達六千億美元，遠超過汽車、鋼鐵等主要產品，僅次於軍火，成為全球第二大「商品」，相等於六十個落後小國的全年國民生產總值的總和。

前人栽樹，後人吃果；前人作孽，後人遭殃。天理循環，報應不爽。當年的殖民者早已長埋黃土。如果當年早知道在東南亞的「豐功偉績」會禍延子孫後代，他們會不會不幹這等損人惡事？

「嘿嘿，坤沙將軍最明白我的心意。待我查出當日入村的那批軍隊所屬軍營後，他使人送大煙入軍營孝敬他們，一連三個月任吸任取，分文不收。結果，七成士兵染上毒癮。至於那沒吸毒的三成士兵，我每隔幾晚潛入軍營暗殺，一刀一個。最後了結的是那指揮官，我打算逐根切斷他的手指，逼他招出誰是幕後指使的貪官，真可笑，一根都不用切，刀子晃了晃，他便招了。那沒種的傢伙不配當兵，不配浪費地球資源，我給他一個痛快，然後在星夜闖進那貪官的家，連他在內，一家老少十六口，一個不留。」

阿漆倒抽一口涼氣。柬埔寨經歷過紅色高棉執政，全國五分一人民死於饑荒、勞役、疾病或迫害等原因，是二十世紀最血腥暴力的人為災難之一。活在那個視人命如草芥的黑暗國度，殺人就像隨手拔掉一株野草。眼前這個貌不驚人的柬埔寨漁婦，殺人不眨眼。相較在柬埔寨的「往績」，她在澳門射爛刀疤四的屁股，原來已算是輕手了。

「二十多年前的往事了，如今，我已不復當年的狠辣。」蘭姨瞧着阿漆，似是了解他的心思。

「人，總不能永遠年輕。」阿漆低頭盯着河水，迴避她的目光，「日子像河水一樣流逝，如果可以回頭，我想你寧願留在磅粒村捕魚，過平靜而與世無爭的生活吧。」

蘭姨大力點頭，說：「一家人齊齊整整，粗茶淡飯，已是一種福氣。」

「你真的沒想過退下來？」

「退下來？我無親無故，無家可歸，退下來，往哪裏去？幹什麼？何況，坤嫂身邊欠缺可信靠的人。坤沙將軍是我的救命恩人，我既然答應他保護坤嫂，一定恪守諾言。」蘭姨用手背擦掉臉上的淚水，「坤嫂這女人可不簡單，她在美國讀大學與同學一起吸毒沉淪時，已想到藉此賺錢，而且要賺大錢。大學畢業後返國，她隻身深入金三角，結交坤沙將軍的手下，再結識坤沙將軍，替他工作，當祕書，當會計，當情婦。坤沙將軍金盤洗手後，她便接掌生意。」

蘭姨今天一反常態，話說開了便滔滔不絕，尤其談到坤嫂，為了探聽情報，阿漆只宜稍作引導，不宜打岔，繼續做一個專注的聆聽者，讓她暢所欲言。

「坤嫂身邊沒可信靠的人？坤沙將軍生前擁有一支軍隊，當中沒奇人異士嗎？」

「哼！統統都是酒囊飯袋，不是染上毒癮，就是四肢發達、頭腦簡單的傢伙！打家劫舍、欺壓平民還可以，沒一個能幹大事。」蘭姨的話題給阿漆校正過來，繼續泄祕，「除我以外，坤嫂最信任阿星、阿月、阿日三兄弟。」

「三人是什麼來路？」

「他們是三胞胎，印尼人。阿星和阿日懂巫術，施法時，刀槍不入，力大無窮，不過，在我眼中，他們都沒有真本領，一旦法術失靈，便平平無奇。三兄弟當中，阿月最沒用，文武都不行，但他對坤嫂忠心耿耿，由於阿星和阿日的關係，坤嫂仍把他留在身邊充當聽差打雜。現在，三胞胎都不中用了。阿星上月在香港被捕，阿月和我在台灣被捕，阿日半年前施法出了亂子，廢了雙腿，要坐輪椅過活，不過，他懂得交鬼、問卜，能為坤嫂趨吉避凶，坤嫂倒聽他的。正如你所說，我年紀大啦，拳怕少壯，我看你是個人才，功夫好，有義氣，大可繼承我的位置，當坤嫂的保鏢，甚至當他的情夫，將來接管她的生意。」蘭姨說時一臉認真，情夫、情婦繼承老闆的生意，在她的認知裏，乃是一道理所當然的向上階梯。

「哈哈……」阿漆乾笑幾聲，扯開話題，打探阿星的底細，「阿星刀槍不入那麼厲害，何以失手被擒？」他跟阿星在荃灣沙咀道 7-11 門外短兵相接，明明先刺阿星一刀，阿星竟渾然不覺，反過來開槍把他射傷（詳見《毒匣》）。傷得不明不白，阿漆當然心有不甘。他離開香港前，阿星仍然昏迷不醒，經嘉薰醫生詳細檢驗，發現阿星的肢體肌肉、內臟機能全部陷於嚴重衰竭，懷疑他藉着某種神祕方法透支體能，提升戰鬥力，被擊昏以後，身體失卻清醒時的迅速復原異能，狀況急轉直下。

「巫術這回事，我一竅不通，大概一時失效吧。嗯，阿星和阿日都栽在一個叫阿Wing的特工手下，我跟那人交過手，真是個不能小覷的傢伙。兩年前他曾沿着湄公河追捕坤嫂三個晝夜，死纏不放，坤嫂聽見這人就頭痛。我跟坤嫂說，你的武功高強，可以跟阿Wing匹敵，她很想見你。」

「我也很想見她……」阿漆下半句沒說的話是「親手

拘捕她」。至於蘭姨，聽過她的可憐身世後，阿添開始感到為難。一併拘捕她嗎？她的確犯罪，拘捕她乃合情合理合法，但他不願下手。銬她，還是交給阿Wing吧。

阿添在湄公河上作了這個決定。

*　　　*　　　*

阿添被送進醫療室裏搶救，門關上。救護員着我們在門外等候。

縱然關心阿添的安危，我們都是理智的，明白到我們三個非醫療人員，擠在醫療室裏只會礙手礙腳，無助救人，於是合作地在外面等候。

走廊的另一端，濃妝艷抹的Ada急步而過，高跟鞋「得得得」的往甲板跑去。不能說她不關心阿添，但她更關心威廉王子。人總有自己的選擇。在醫療室外面等候，或到甲板去覲見王子，兩者不可能同時完成，除非她懂分身術。

相識多年，我清楚二選一的話，不選王子的就不是Ada了。然而，她跑得太快，我來不及告訴說明，當醫療隊「接收」阿漆後，威廉王子旋即駕駛「海王」直升機飛離甲板。Ada現在才趕到甲板，只會空跑一場，倘若她沒返回船艙補妝，陪伴露絲在甲板上等候，她定有機會覲見王子。至於，家有嬌妻的王子會否看上她，則是另一回事，起碼她能與王子在南中國海上有一面之緣，在日後的幾個月，甚至幾年裏，靈感充沛的她自能生出許多不切實際的玫瑰色愛情幻想。

現在失諸交臂，只怪她在補妝與等候之間，選擇錯誤。

人生總有不少選擇的關口，每個人都可自由地選擇。選對了，額手稱慶；選錯了，與人無尤。

有時，對與錯，決定往往是一念之差。

2

湄公河日落以後，蘭姨離開船篷，摘下草帽，坐在船頭，迎着晚風與一河星輝斑斕，沉默不語。情況跟Ada有點相似。

Ada那天在甲板上，佇足空盪盪的直升機坪，眺望雲端像豆豉般小的「海王」直升機。她沒叫，沒哭，沒難過，沒沮喪，基本上沒一絲表情，沒一句話，除了呆站外，她惟一的動作是除掉一雙紅色高跟鞋，逐一扔進海裏，然後慢慢折返船艙，走回房間，反鎖房門，整日不現身。

不過，自閉之後，Ada的狀況跟蘭姨大有差別，翌日，一覺醒來，她又忘卻一切似的恢復原狀，變回一個貪吃懶做、終日做白日夢、追逐虛無浪漫的花瓶女祕書。

蘭姨的沉默維持了一夜一晝，直至木船進入泰北地區，他們登岸改行陸路，蘭姨在一間路邊麪檔吃了兩口魚醬撈米粉後，才再度開腔。她的第一句話是「好吃極了！」

「嗯，味道很好。」阿漆一向不大講究吃，食物加入適量的油和鹽，他便歸類為美味。

「米粉只是一般貨色，這魚醬，則收畫龍點睛之效。」

阿漆夾起一箸米粉，多蘸點魚醬，送進口裏，細細咀嚼，卻沒蘭姨的體會。

「嚐不出來？」

阿漆皺着眉搖頭。

「讓我告訴你吧。一般的魚醬只有三、四種魚，這瓶用上十多種，跟我們家鄉的製法相同，我一吃就知道。做魚醬的工夫包括宰魚刮鱗，切除頭尾內臟，再把魚肉剁碎，加鹽後，用雙腳大力跺踩，把魚肉跺成膠狀。一個步驟也省不得。」

「用腳……」阿漆放下碗筷，面色有異。

「傻小子，眼不見為乾淨。」蘭姨再吃一箸米粉，津津有味的，「炮製美食，人手不能全由機械取代，否則，風味大減，例如日本壽司、意大利薄餅，還有你們的潮州牛丸。」

「現在說的是人腳。」阿漆嘀咕，「步行、踢球之類，才是腳的正常功用，至於食品加工，不管效果如何美味，我過不了心理關口。」

「你的心理關口太狹小了！恐怕會錯過多款金三角美食。我看你，吃不下米粉了，對嗎？我們起行吧。發揮你雙腳的功用。」蘭姨揶揄他。

他們改行陸路後，我們的衛星便難以追蹤，情況就像冷戰時代的共軍匿藏叢林之內，美軍的高空偵察全不濟事。

那時，我們進駐泰北清萊的軍事基地，泰國軍方給予我們很大支援，提供營房、飲食、器材、武器，又不過問我們幹什麼，更提供了一架「貝爾212型」直升機，以及熟悉金三角地形的機師二十四小時候命，讓我們隨時飛入金三角辦事。

當衛星失去阿漆和蘭姨的蹤影後，露絲焦躁不安的情況已達致生人勿近的程度，她調度所有可以調度的衛星，以及截取泰北和金三角地區的通訊，盡力在泰北叢林裏尋回兩人。結果，徒勞無功，露絲在一天內擲壞三隻滑鼠，打破三個咖啡杯，砸毀兩個鍵盤，扔斷一張木椅的椅腳，最嚴重的是弄花一個LCD顯示屏。我當然避之則吉，因為我正是那個一力支持阿漆當臥底的「頭號敵人」，露絲百米範圍之內都屬高危地帶，我若走錯位置，一定遭殃。

那時候，大家時刻都在心裏問：「阿漆，你在哪裏？」

* * *

「那時候，蘭姨帶我抄山間小路，徒步走了接近一小時，在一個拉祜族的村落借宿一宵。計劃在第二日天亮啟程越過邊境，進入金三角。」阿漆挨坐病牀上，用枕頭靠背，回憶前事。

我與阿Ken分別坐在病牀兩側記錄口供，遇到不明白的，便請阿漆即時補充。

那天，「深圳號」導彈驅逐艦把阿漆送到海南島的海軍基地，他的情況已穩定下來，並在軍方醫院裏繼續接受治療，兩天後，乘坐醫療直升機飛返香港。

阿漆無恙，露絲卻病倒了，躺在隔壁的病房裏休息。今早我用輪椅把阿漆推到露絲的房間，讓他們有機會一訴衷情。待午後露絲睡了，我們才為阿漆錄口供，嚴格地說，我們的心態是聊天，所謂錄口供只是例行公事。

在拉祜村裏，有兩件令阿漆難忘的事。

第一件，村裏盛行養鬼。阿漆借宿的那戶人家便養了一隻，用黑木盒裝着，放在屋裏的西北角。蘭姨悄悄告訴阿漆，山民迷信，十戶之中有七、八戶養鬼，後果好壞皆有，好的能為戶主招財、驅病、對付仇人；壞的，陰氣過重，損折戶主的陽壽。另外，戶主遭「鬼仔」反噬，輕則害病，重則亡歿，時有聽聞。素來不信鬼、不敬神的阿漆，眼睜睜的躺在黑木盒附近，不知裏面裝着什麼，腦子裏不期然聯想到各種恐怖、醜陋、古怪、噁心的東西，愈想愈覺不安。

「另一件難忘事呢？」阿Ken愈聽愈感興趣。

第二件跟第一件完全對立，在拉祜村外，竟然新建了一所兩層高的基督教堂，十字架高高的豎在屋頂。蘭姨不時經過這條村，跟村民相熟。她說，教堂是一對香港來的林姓牧師夫婦建的，七年前他們來到拉祜村，最初用草和竹蓋搭一間基督教聚會所，他們由只懂少許泰語至操流利泰語和簡單的拉祜語，從沒人理睬到差不多一百人領洗，還經常探訪附近山區的阿卡族、長頸族、大耳族、瑤族、佤族，到處傳教，即使遭山民驅趕亦堅持下去。蘭姨不認同他們的信仰，卻欣賞這份毅力。

阿漆和蘭姨經過教堂入村時，林牧師夫婦正打掃地上的玻璃碎片，二樓和地下各有一個窗子被人用石頭擲破了。他們正心平氣和地清理，看見阿漆是華人，便主動上前攀談。由於蘭姨在旁，阿漆不欲多談，客套幾句便隨蘭姨進村。阿漆心裏有個疑問：「你們是香港人，為何不留在華人地區傳教，而老遠跑來大有文化隔閡的泰北？」

這問題，不難回答。

我常聽牧師姐夫說，他們基督徒，尤其傳道人、宣教師、牧師，都是上帝的僕人，永遠謹守《聖經・以賽亞書》的教導：「我在這裏，請差遣我。」他們的「工場」並非自己揀選，而是回應上帝的差遣與呼召，若呼召是「泰北」，回應只有「去」，若呼召是「西非」，回應同樣是「去」。情況有點像我們特工，接到上級的任務，水裏水，火裏火，回應也只有「去」。牧師姐夫又說，從文明地區到相對落後的地區傳教，不是人人可以勝任，適應能力太差的、文化優勢感太強的、不擅與人溝通的、學習外語能力太弱的，都不是理想人選，所以上帝不隨便呼召祂的僕人。

這個養鬼與傳教的問題，屬於題外話，與阿添的任務無關。雖然阿Ken甚感興趣，但公事歸公事，我不嘗試為基督徒作解釋，亦不容許他們聊下去，硬生生的打斷這番對話，把話題扯回金三角。

3

金三角是緬甸、泰國、老撾三國交界的「三不管」地區，從來沒明確的界線，大約佔地十五至二十萬平方公里。歷史中，金三角的主要武裝勢力有三個：1949年後的國民黨殘軍、羅星漢集團、坤沙集團，他們各有地盤，控制地盤內的毒品種植、加工、販運。二十世紀七十年代，國民黨殘軍解除武裝，歸化泰國，1973年羅星漢在泰國被捕，1996年坤沙向緬甸政府投降。傳統三大勢力相繼瓦解，取而代之的為緬甸民族聯合軍、緬甸民族民主同盟軍、撣東同盟軍、克欽新民主軍、勐克保衛軍等新興武裝勢力。

坤嫂追隨坤沙多年，主責毒品販運，在金三角建立了深厚的人脈關係，亦摸清國際毒品市場的銷售網絡，她游走於金三角各個武裝勢力之間，不霸佔罌粟生產地盤，不染指毒品提煉加工，只收集毒品轉運歐美各地，從中圖利。她的長處正是各武裝勢力的短處，那些山野匹夫，不用花唇舌跟毒品拆家討價還價，不用花腦筋籌謀毒品的運輸安排，也不必顧慮銷售策略，總之，坤嫂的「服務」能帶來穩定的高收入、長期的低風險，他們都願意繼續與她合作。

近年，金三角除了傳統的毒品買賣外，還有新發展的旅遊業，讓遊客在邊陲地方走走，拍拍照，迎合都市人窺祕探險的心態。另外，此地不知何時變成一個名牌A貨集散地，LV、Gucci、Chloe、Chanel、Fendi、Burberry、Marc Jacobs、Christian Dior擺滿地攤，滿足人們那種花不起錢又仰慕名牌的虛榮心。

不過，論到市場效益，上述兩種項目遠遠及不上湄公河拔地而起的幾十間賭場，估計這些賭場的每年營業額總和高達一百億美元，當然，實際數字不會找到正式的核數紀錄證實。

阿漆站在湄公河邊，打量對岸一間外形仿照波斯古堡建成的賭場，與周遭的竹棚茅寮格格不入，為湄公河帶來一份庸俗。阿漆更想起澳門，黃、賭、毒、毆鬥、血案、洗黑錢、出老千、放高利貸，都是豪華賭場陰暗的另一面，何況金三角是一處沒有法治的地方，情況恐怕比澳門糟糕許多。

「想玩兩手嗎？」蘭姨問。

「我的手癢極了。」不喜歡賭錢的阿漆，一有機會便為自己建立壞形象。

「河對面那間不好玩，我們去這家，來。」蘭姨領着阿漆往左拐，繞過一畝甘蔗，來到一列鐵皮瓦頂的低矮房子前面，正門上方掛了一副黑底金漆匾額，寫着「大西洋皇家娛樂場」，兩側的對聯同樣黑底金漆，左邊的是「喜迎四面八方嘉賓」，右邊為「笑接五湖四海豪客」，字體拙劣，毫無筆法可言，十足小學生塗鴉。

房子的「牆」用竹片編成，隔音能耐幾近零，「牆」後傳出人聲鼎沸。

「華人開的。招牌有點不倫不類。」蘭姨推開木門，「這裏既看不見大西洋，也沒皇室成員。」

阿漆帶笑聳聳肩頭，不置可否。膽敢在金三角開賭的，絕非等閒之輩；膽敢來金三角賭錢的，亦非善男信女。這地方的招牌不過是用來裝模作樣罷了，既毋須註冊，寫什麼名號都沒人追究。

蘭姨跨過門檻後，開始跟「娛樂場」裏的人打招呼。

近門口處，置了一張簡陋的長吧枱，只提供酒精類飲品，選擇頗多，有泰國老虎啤酒、中國青島啤酒、緬甸德貢啤酒，還有Heineken、Carlsberg、Guinness、Budweiser等歐美品牌。十來個男女在喝酒聊天，而吧枱對面闢了一個小型舞池，正播放着一首不知名的緬語歌，三個衣衫不整的女子在舞池中央扭臀擺腰，明顯神志不清，不知是吸了毒還是喝醉了？

越過喝酒跳舞的地方就是賭廳，幾十人散落於百家樂、擲骰子、輪盤、二十一點、牌九、翻攤等賭枱周圍，男男女女，口叼香煙，手執鈔票，賭得昏天黑地。阿漆察覺這賭場在建築用料上的一個優點——竹片通風透氣，有助空氣對流，否則，這幾十人的煙味、汗味、酒氣、體臭混在一起，困在室內而不窒息才怪。

蘭姨把一疊美鈔交給阿漆，說道：「這裏什麼貨幣都接受，美鈔最受歡迎。你留下玩幾手吧。我到裏面找人。記住，小賭怡情，他們都是老千。」

「蘭姨，不要誣蔑人啊！我，是一等良民。」左邊有人插口。

「如果人人都是老千，莊家吃什麼？」右邊有人喊道。

「呵呵，我們是小老千，莊家是大老千，這是一個以大吃小的世界。」

「怪不得我今天輸了二十萬，原來是你們這班老千合謀騙財！」

「哈，我明明看見你贏了兩萬，分明胡說。」

眾人你一言我一語，口沒遮攔，蘭姨沒理睬他們，逕自穿過賭廳，走進內室。她要見的人是坤嫂嗎？

阿漆雖然懷疑，但不敢輕舉妄動，既來到金三角，總有機會跟坤嫂碰面的，要拘捕她亦不急於一時，搞不好，暴露了身分，反招殺身之禍。最終，他沒跟蹤蘭姨，留在賭廳左顧右盼，還是選擇最不傷腦筋的「大小」，抽出一張一千美元，買「大」。荷官是個二十出頭的緬甸少女，穿着一襲花花綠綠的筒裙，挽起髮髻，髻上插着鮮花，嫻熟地搖骰子，清脆地喊了一聲「買定離手」，揭盅，四四五點，大。阿漆贏了一千美元，他把兩千美元移到「小」。少女荷官再揭盅，一三四點，小，阿漆的彩金變成四千美元，他繼續買「小」，結果是二二三點，小。阿漆連贏三局。

「蘭姨，你的朋友一下注就連過三關，不知誰是老千呢！」有人揚聲抗議。

蘭姨回來了，招手示意阿漆跟她再進內室。

阿漆把八千美元拋到荷官少女的骰盅旁邊，當作小費，引起一陣小小的騷動。

荷官少女把錢收下，面不改容，也沒說多謝。

「好闊綽啊！」蘭姨瞥一眼那八千美元。

「錢放到賭枱上，不管輸贏，都像潑出去的水，不再屬於自己。而且，那種輸贏的刺激，有時是用錢買不到的。」

「好深奧的理論，我讀書少，聽不懂。」

「我亂說一通罷了，你別當真。我們去哪兒？」

「帶你見一個人。」

「誰？」

「重要人物。」

坤嫂？那個重要人物，可能是坤嫂。一進入金三角便有機會接觸坤嫂，實在意想不到。阿漆開始盤算，待會該不該動手？動手，並非不可行，此地臨近泰國邊境，在這裏捉住她，短時間內把她擄進泰國境內，自有阿Wing和泰國軍警接應。若在金三角中部動手，距離邊境較遠，反沒這個地理優勢。

然而，對方有多少人？用什麼武器？阿漆全然不知，單是一個蘭姨已難以應付，若坤嫂身邊還有三兩個類似的高手，阿漆勢孤力弱，動起手來，反而吃虧。

阿漆心裏像有十五隻吊桶同時打水，七上八落，一時拿不定主意。

想着想着，蘭姨引領着他走過了一條幽暗骯髒的走廊，盡頭左轉是臭氣熏天的廁所，右轉是後門。蘭姨轉右。當然是轉右啦。阿漆心想，坤嫂沒理由在廁所裏見他，男廁、女廁都不成體統。

穿出後門，是一片泊滿汽車的爛地。

兩人來到一輛吉普車前面。車旁站着一個赤膊大漢。原來不是坤嫂。大漢渾身又黑又粗的汗毛，正在剝蕉皮，像頭毛茸茸的婆羅洲黑猩猩。

「這是猜逢。」蘭姨介紹道，「他是坤嫂的司機。」

司機？司機也算重要人物嗎？阿漆暗忖，臉上仍保持誠懇，主動伸出友誼之手，說：「猜逢大哥，多多指教。」

猜逢既不打話，也不握手，把香蕉放在阿漆手中，回身拉開駕駛座旁的儲物格，取出一個短棒狀的探測器。阿漆傻兮兮的拿着香蕉，不知吃抑或不吃，正感躊躇之際，猜逢便開始用探測器仔細地掃測阿漆的頭、頸、肩。

「這是坤嫂接見外人的規矩，確保來者身上沒裝追蹤器、竊聽器之類。」蘭姨解釋，「猜逢幾分鐘前也替我作了檢查，我畢竟在台灣的警察廳裏困了幾天。」

「坤嫂行事果然謹慎。」阿漆合作地站定不動。

「江湖凶險，若不小心，隨時沒命。」猜逢開口說話，原來不是啞巴。他由頭到腳，由腳到頭的掃測阿漆兩遍，沒發現，便甩甩下巴，指示阿漆爬上吉普車後座。

「不用探測金屬嗎？我身上有武器。」阿漆隔着衣服，拍拍插在腰間的鏢刀，發出幾聲「錚錚」。

「廢話！誰在金三角不帶武器？多此一舉。」猜逢跳上駕駛座，啟動引擎。

「上車吧。」蘭姨坐進前座。

「轟……」猜逢踩油，吉普車的廢氣管噴出一團黑煙。

阿漆躍上吉普車，坐定，繼續剝蕉皮。吉普車快速駛出爛地停車場。車輪輾過一塊凸出路面的花崗石，吉普車上下拋了一下，阿漆剛把香蕉剝開，一時拿不穩，香蕉給震落黃泥路，滾呀滾，潔白的蕉肉沾上一身泥黃，像個不懂潔身自愛的無知少年，這種少年散佈於世界不同角落，他們的身、心、靈被來自金三角的毒品牢牢綑綁。

「真可惜。」阿漆瞧着那根邋遢了的香蕉，直至吉普車拐彎駛出停車場。

Ⅳ 招魂怪令

瘸腿能行走，壯士卻乏力，

南亞巫術真邪門！大毒梟終露面，

露絲在關鍵時刻竟犯傻……

1

阿漆和蘭姨離船登岸，改行陸路進入金三角的第三天。露絲從泰北地區截取了數以千計的通訊。她不斷擴大衞星對金三角南部的掃描範圍，日以繼夜地搜尋，個人的體力透支、電腦的使用負荷，都疲累至極。最糟糕且最令人氣餒的是，始終一無所獲。

我與阿漆合作多年，早已建立良好的工作默契，現階段，我認為應該養精蓄銳地等候，時機一到，阿漆自會作出行動通知，到時我們以最佳狀態趕赴現場支援，定必事半功倍。可惜，我說了，露絲不聽，若再多說，只會惹她憎厭。於是擅作主張，昨天召喚阿莫和兩名情報分析員帶同器材飛過來幫忙，幾個人輪流工作，輪流休息。這樣，到阿漆需要支援時，我們仍有清醒的人就位。

一早醒來，我吃過早餐後，本想為他們沖幾杯咖啡，想了想，他們最需要的不是提神，而是睡覺，便兩手空空的走進工作間。

我開門、掩門，露絲沒抬眼看我，她仍舊強打精神地操作電腦。露絲的容顏憔悴，一雙眼袋又大又黑，我巴不得把她扯離座位，迫她回去休息。當然，我不敢刺激她。

阿莫揉揉眼皮，抬頭看着我，悶聲道：「咖啡都沒一杯，阿Wing，你真不夠朋友。」

「喝了咖啡，只怕待會兒可以睡覺時，你卻精神奕奕。」我看看手錶，再過一小時，泰臣和兩名情報分析員會來接班。

理智已遭感情擊潰的露絲多半不肯離開崗位，但願一小時後，她的感情暫時被疲憊擊敗，肯去小睡片刻。

阿Ken伏在鍵盤上呼呼熟睡，他最懂休養生息。我從來不擔心他的健康，只擔心他的作戰能力。我待要伸手拍醒他。

「阿Wing！」露絲喚住我。

「嗄？」

「讓他睡吧。他整夜工作，半小時前才支持不住。」

「那你呢？何時才肯休息？」

「我還可以熬下去。」

「這不是可不可以的問題！你應該爭取休息，保持精神體力。你勉強熬下去，吃力不討好，到頭來危害任務，禍及阿漆……」

「不要說了。勞篤。你要說什麼，我全曉得，但不會聽從。」

「……」

她固執得要命，我還可以說什麼呢！

*　　　*　　　*

「阿Wing！」

「嗄？露絲，你跑出來幹什麼？醫生叮囑你臥牀休息。」

「我可以的。你們替阿漆錄完口供了？」

「還沒完成。剛剛醫生巡房，替他檢查，我和阿Ken迴避一下。」

阿Ken打了個大呵欠，說：「你們慢慢聊吧，我往樓下的canteen買咖啡、三明治，你要鮮奶嗎？」

「不要了。」

「稍後見吧。」

阿Ken步進升降機後，我取笑露絲：「你今早才見過阿漆，午睡過後，就跑出來找他，經歷生關死劫，分外痴纏。」

「不。」露絲臉上沒一絲笑意，「我想找你。」

「你找我？幹什麼？」

「我想談談。」

「談什麼？」

「關於我和阿漆。」

看着她一本正經的樣子，我心裏泛起不祥預感。

*　　*　　*

「阿漆，你餓不餓？」蘭姨回頭問吉普車後座的阿漆。

「餓極了！」

「前面山坡上的小市集，有一家佤族人開的食店，爛飯最著名。我們去吃一碗吧。」

猜逢插口應道：「也好。希望老闆今天捕到山雞野鴨，用來伴飯吃，特別惹味。」他駕着吉普車在山上左拐右轉，差不多兩小時，就算不停車吃飯，也得休息一會。

市集闢於一幅山坡平地之上，就在黃泥車路旁邊築了二十多間木屋、竹棚、茅廬，都是店舖，屋前的空地上也有地攤，一小堆一小堆的聚集了人羣，在買賣粗鹽、棉布、紅糖、米酒、水果，還有鴉片煙膏。

猜逢把車停在一角，熄掉引擎，跳下車，任由車匙插在匙孔內。若非這裏天下太平，沒有偷車賊，就是沒人敢碰他的車子。

阿漆特別留意那些賣鴉片煙膏的攤檔，做生意的都是農家婦女，穿戴五彩繽紛的頭巾、叮叮咚咚的耳環，口裏叼着長煙斗，樣子老老實實的。她們坐在小板凳上，跟旁邊賣棉布的、賣水果的小販無異，除了腳前放着一磚磚的鴉片煙膏。鴉片煙膏按重量出售，用天平秤量，收購價大約每公斤一千五百港元。

一個鼠頭獐目的男人拿着大疊鈔票，四下問價。一番討價還價後，價錢議好了，付錢取貨，就這樣，鴉片由山區運往鄰近地區，經過煉製、包裝，化整為零，轉運海外，售價大可翻幾倍、幾十倍。由金三角山民至倫敦、紐約街頭的吸毒少年，中間不知經過多少無良毒販、拆家，居中取利，搾取罪惡金錢。

那男人察覺被阿漆盯着，面露不悅的神色，特意掀起衣角，露出插在褲頭的手槍。

猜逢推阿漆的背，催促道：「走吧。你不是餓了嗎？」

蘭姨首先進入食店，喊道：「老闆娘，我們要三份爛飯。」

食店由草棚搭建，四面都可進出，沒所謂正門。草棚的東南方置了爐灶，老闆娘蹲在爐灶後面幹活，聽見客人叫喚便站起來，一邊用抹布擦手，一邊招呼道：「我家的男人今早打死了一隻大老鼠，你們三人，剛好可以一人一碗老鼠爛飯，如何？」

阿漆瞪大眼睛，幾乎吐了出來。

蘭姨搖頭笑道：「我的朋友新來乍到，吃不慣，還是吃山雞爛飯吧。」

「且慢，他不吃，我吃。」猜逢臉帶不屑地睨了阿漆一眼，道：「把整隻老鼠給我吧。」

「你最懂吃！」老闆笑道：「你們坐一下，我去弄食物。」她臉上有個圖案古怪的刺青，笑的時候，刺青隨臉部肌肉而動，單純的笑容添上三分詭異，令阿漆聯想到《水滸傳》裏開黑店的孫二娘，用蒙汗藥迷暈客人，然後宰殺剝皮，肥的作黃牛肉賣，瘦的作水牛肉賣，零碎小肉則剁為餡子，蒸製人肉饅頭。

若非蘭姨引介，光看老闆娘的刺青，他一定不光顧這間食店。

「先煮老鼠爛飯給我。」吩咐完，猜逢踱出草棚，「我去買啤酒喝，回來要吃。」

「好的。」老闆娘應了一聲，蹲在店前拿火盆生火。

一個繫着圍裙的男人已用竹棍串起一隻三呎長的大黑老鼠，遞給她在火盆上燒燎鼠毛。一羣小孩前來圍觀。如果她在燒雞翼、乳鴿、乳豬，阿漆還能接受。想到待會猜逢一口一口的咬吃死老鼠，阿漆就感到噁心。

柴紅火猛，轉眼間，老闆娘把老鼠通體燒燎一遍，響起一陣「必卜」之聲，散發一股焦臭氣味。老闆娘滿意了，便用竹片刮掉焦毛，卻不棄掉，珍而重之的把它盛在碗裏，再操刀剖開腹部取出腸臟，把血紅色的老鼠扔在砧板上，砍成小塊，連同焦毛、檳榔葉放進鍋裏，加水燜煮。

從燒毛到下鍋，阿漆注意到她都沒有清洗鼠肉，詫異地問：「肉，她不清洗的嗎？」

「佤族人的民間智慧，認為用水洗過的鼠肉，煮出來的湯汁味道會大打折扣。」蘭姨企圖說服阿漆，「你千萬不要嫌骯髒，爛飯是佤族名菜，不是經常有機會吃到用老鼠做的。」

猜逢拎着三瓶老虎啤酒回來，把兩瓶放在桌上，瞅着阿漆說：「小子，我在那邊見你瞧了那些女孩幾眼，看上哪一個？今晚我就使人擄給你。」

「不，不是你想的那樣。」阿漆給嚇了一跳，依然裝出一副輕佻，「山野姑娘手粗腳大，不合我的口胃。我看見她們臉上都塗了一抹泥巴，純粹好奇才多瞧兩眼，純粹好奇，別無他意。」

「哈，那些不是泥巴，是檀納卡樹枝磨成的粉漿，等同都市女人的護膚品。山區女孩拿來塗在臉上，既有防曬功效，又散發香氣。」

「嘩！好香！」猜逢朝爐灶大力吸氣，「老鼠肉煮好了吧？」

「差不多了。」老闆娘掀開另一鍋蓋，將盛滿一大碗混有酸筍、辣椒的半熟米飯，倒進老鼠湯裏，加一把鹽，用竹筷拌勻，再煮。

「用猛火煮吧。我餓得很。」猜逢喝一大口啤酒。

「是。」老闆娘再盛兩碗半熟米飯，倒進另一鍋雞湯裏，然後用手——那雙燒鼠毛、切鼠肉的手——把撈起的雞肉掰開、撕碎，放進湯飯裏煮滾。

阿漆的胃口全失。

未幾，飄來一陣飯香，老闆娘先端上一大碗老鼠爛飯。

猜逢急不及待似的放下啤酒，執筷捧碗扒飯，扒得急，吃得狂，嘴唇上下沾滿飯粒，他把口中的米飯吞嚥下肚後，伸出舌頭一捲，把嘴唇的飯粒舔得乾乾淨淨。

老闆娘再端來兩碗山雞爛飯。

猜逢選了一塊最大的鼠肉，夾進口裏，大口咀嚼，頻呼「美味」。

蘭姨把其中一碗推到阿漆跟前，說：「多少也得吃些。」

面前這碗飯的肉味香濃，如蘭姨先前所說，眼不見為乾淨。只是阿漆親眼目擊了烹煮過程中的不乾淨步驟，教他如何吃得下！

「嘟——嘟——」

猜逢掛在腰間的無線電通話器發出訊號。他不敢怠慢，馬上放下碗筷，戴起耳機接聽，恭敬地應道：「是，我是……山坡市集……對，中途休息，正吃爛飯……是……她在這裏，那個叫阿漆的也在這裏……是……好……」

2

「阿Wing！」阿莫突然興奮大叫，「我截獲一段無線電通訊，內容提及蘭姨、阿漆。」

工作間裏，所有人的血壓、腎上腺、心跳速度一致飆升，阿Ken更失手打翻了一杯咖啡。

「播出來！播出來！」我叫得比阿莫更大聲、更興奮。

「來了。」阿莫按鍵。

「……」

「猜逢？」

「是，我是。」

「報告你們的位置。」

「山坡市集。」

「你們停了下來？」

「對，中途休息，正吃爛飯。」

「那間佤族人開的食店？」

「是。」

「蘭姨跟你一起？」

「她在這裏，那個叫阿漆的也在這裏。」

「我在附近，你們繼續吃飯吧。」

「是。」

「我過來找你們。」

「好。」

「……」

播音器沉寂下來。

工作間也沉寂下來，直至其中一個情報分析員報告：「聲紋確認，100% match，其中一個對話者，是坤嫂本人。」

我從椅上跳起，邊跑邊喊：「阿莫、露絲，馬上確定位置，把座標傳到我的手機。泰臣、阿Ken，帶齊武器，即上直升機。Go！Go！Go！」

*　　　*　　　*

當阿漆喝了半瓶啤酒，蘭姨吃了半碗山雞爛飯，猜逢啃咬完第四根老鼠腿之時，坤嫂來了。四個扛着M16A1步槍的大漢跟在她身後。

市集的人如常閒逛、買賣、吃喝，就像多了五個普通路人一般。槍械而已，在金三角不值得驚訝。

坤嫂模仿Lady Gaga形象百變嗎？阿漆只見過她的通緝照片，若拿着那張照片作比對，即使坤嫂站在面前也不一定認得出來。

以一敵七，而且對方火力強勁，又不知猜逢底細，阿漆審度形勢，還是按兵不動較好。

坤嫂坐在阿漆對面，臉上塗抹的防曬遮瑕護膚品，絕非泥黃色的檀納卡粉漿，九成以上是made in Paris。

她的頭髮染金，割了雙眼皮，扁鼻子隆得高而尖，鼻頭還多了一顆「全智賢痣」，本來尖削的下頷變得珠圓玉潤。她最近一定去過韓國，不然就是光顧深圳的韓式整形。

「蘭姨大讚你的飛刀很棒，來，露一手，讓我開開眼界。」坤嫂的眼珠轉了一圈又一圈，似要看透阿漆的心。

「好。」阿漆抽出一柄鏢刀，「那邊的大樹菠蘿，由樹頂向下數，第三個。」

「請。」

阿漆反手一揚。

鏢刀激射而出，「卜」的正中目標。大樹菠蘿晃了晃，卻沒掉下。

「好啊！」蘭姨大力鼓掌。

「敵人有手有腳，哪會像株樹般站着不動？」猜逢冷言冷語。

「猜逢的話不無道理。」坤嫂攤開雙手。

阿漆抽出另一柄鏢刀，用刀尖指着黃泥路，道：「那個騎摩托車的人。」那人正是剛才買鴉片煙膏的漢子，他把煙膏塞進背包，開車離去。

「你想插他哪個部位呀？」坤嫂嬌聲笑道，「別弄出人命，雖然這裏沒有殺人填命這回事。」

「背包——」

飛刀出手，刀光耀日。

「啪——」不偏不倚，命中那人的背包，刀尖刺穿帆布，插進裏面的鴉片煙膏。

那人忽覺背後一震，於是停車查看——背包無端插了一柄鏢刀，卻懵然不知。想到鏢刀插歪一些，自己早已喪命，膽怯之餘，又遭路人訕笑，臉上登時一陣子紅，一陣子白。

「好，歡迎你加入我們的團隊。」坤嫂輕輕拍手，「我們的規矩，新人需要獨自完成一件差事，當作入夥儀式。」

「什麼差事？」

「是這樣的。意大利黑手黨有意拉攏撣東同盟軍，日後直接取貨，不需要我作中間人。他們雙方代表約好在清邁會面談判，我不想那意大利人赴會。」

「你想我殺了他？」

「噢，不必。殺死黑手黨成員的後果，我擔當不起。」

「你想我幹什麼？」

「借助警力。你制伏那人，把他交給泰國警察。那人是國際通緝犯，泰國警察會把他轉介國際刑警。到時，他跟撣東同盟軍的會面自當告吹。你是陌生臉孔，黑手黨不易查出是我們所為。」

「交給我辦，一定妥當。」

「猜逢跟你同去，作你的指南針，差事辦妥後，他會帶你到泰國南部與我會合。」

「不回金三角？」

「不。我不常待在金三角。你跟我幹活，就要習慣周遊列國，四海為家。」

「遊埠，我喜歡。」

「世界這麼大，鈔票這麼多，你替我辦事，我給你錢途無限。」

「謝謝你給我機會，坤嫂。」

「若你沒本事，機會擺在你面前，也捉它不緊。」坤嫂拍兩下手，「事不宜遲，我們這就分道揚鑣。」

「阿漆，好好辦事。我對你有信心。」蘭姨道。

「一定。我們稍後見。」阿漆點一下頭，便隨猜逢走回吉普車，聽見蘭姨在背後問：「怎麼不見阿日？」

聽見坤嫂回答：「他昨夜忽然大吵大嚷，說阿星死了，傷心得像發瘋一般。今早天未亮便找人推他進樹林裏，說去替阿星做法事，超度亡魂。」

阿星死了？阿日怎會知道？阿漆大感奇怪。

阿星被關在香港的特工基地裏，與外界隔絕，就算死了，遠在金三角的阿日不可得知。莫非他們的巫術能隔空互傳訊息？又或者，三胞胎之間存着心靈感應？阿漆搞不懂，也無意深究。

*　　*　　*

「就是這個座標，全速飛過去。」我把手機屏幕向機師展示。

「Yes, Sir.」機師拉動操控桿，「貝爾212型」直升機向上爬升。

「阿莫，可有衞星影像？」我透過無線電詢問。

「稍等，需要連線，給我少許時間。」阿莫回覆。

後座的泰臣道：「機師，你飛得太高了。」

「在金三角，低飛等同自殺。呵呵呵。」機師苦笑。

「為什麼？」阿Ken問。

「下面的茂林裏，不知藏有多少個武裝分子？他們手上的肩托式地對空導彈，林林總總，型號有新有舊，性能有強有弱，總之，我飛得愈低，愈能幫助他們瞄得準。」

阿Ken慌了神，連忙改口催促道：「飛高些，飛高些。」

「阿Wing，有影像了。」阿莫在無線電裏說，「已傳送到你們的手機。」

「收到了。」我打開影像檔案，打量畫面中的人物，「身分確認了嗎？」

「確認了。容貌辨識100% match，是蘭姨和阿漆，沒錯。」露絲報告，「至於坤嫂，我相信她整過容，只是61% match，不過考慮到先前的聲紋對比，以及身形、現身地點，那人極可能是她。」

坤嫂在我們手上的近照，只有台北住宅大廈CCTV拍攝到的不清晰照片。容貌難作百分百辨析，身形卻吻合。我沉吟片刻，果斷地作出決定，道：「捉人！飛過去！」

「咦，他們分兩批。阿漆與一個漢子乘坐吉普車，蘭姨、疑似坤嫂與四個槍手分乘兩部汽車，往相反方向行駛。」泰臣苦惱地指着畫面，「阿Wing，我們追截哪一批？」

「當然是坤嫂啦！」我扶着座位站起，確定附在機門旁的七點六二毫米GAU-17機槍上了膛，「阿Ken，進攻時，你用機槍解決那幾個拿M16的槍手，我與泰臣游繩而下，捉拿坤嫂。」

「沒難度。」阿Ken打出Okay手勢，「亂槍掃射，一定射中。」

「你們得趕快行動。」阿莫在無線電裏提醒，「坤嫂所走的方向，前面不遠就是林區。一旦走進樹林，你們就難以降落捉她。」

「飛下去，截停她們的車輛，快！」我拍機師的背。

「咇——」

直升機儀表板上，某個儀器警號長鳴。

「什麼事？」我們齊聲問道。

「我們被導彈鎖定啊！」機師大駭。

「升高！升高！」阿Ken以高八度的尖聲驚呼。

「來不及了，放出干擾物。」泰臣喊道。

「我這架是舊款直升機，不是新式戰鬥機，沒有這項裝置。」

此時，左下方的林間發出閃光、白煙、炮響，一枚美製導彈穿林而出，破空而至。

「媽呀！沒命啦！救命呀！」阿Ken張開大口，張皇喊叫。

「沒干擾物，用信號彈吧。」我人急智生，指着泰臣頭頂。

泰臣隨即會意，取下掛在艙壁的三把信號槍，給我和阿Ken各塞一把，我們一人一彈，向左側開槍。機師配合我們的動作，作S形斜飛，擺脫導彈追擊。

「砰—— 砰—— 砰——」

三枚信號彈在空中爆開，導彈受到干擾，轉向，「隆」的爆炸。

成功了。

但——

「吣」聲依舊，警號未除。

右下方林間升起另一枚前蘇聯製導彈。

武裝分子何其多！

沒信號彈了！

導彈來勢洶洶地直衝過來，避無可避，機師慌得目瞪口呆，握着操控桿的雙手不住發顫。

還有機槍可用。

我擲下空信號槍，撲到機門前面，握住GAU-17機槍，大喝：「機師，轉向！」

機師回過神來，總算明白我的意思，還來得及反應，立即側飛，讓我的GAU-17機槍對準導彈。我毫不猶疑，扣動扳機，左右掃射，交織一道火網，截擊導彈。GAU-17的射速是每分鐘二千發，我不貪多，只要一彈射中就心滿意足。

「隆——」

「隆——」

爆炸巨響，響徹雲霄。

猜逢煞停吉普車，與阿漆一同轉身，站在座椅上眺望天空；路旁田裏的人也放下工作，舉目遠望。

茂林上空，兩枚導彈一先一後爆開兩團火球，於火光濃煙之間，一架軍用直升機倉皇逃回泰國。

「給它逃脫，真可惜！」猜逢右拳擊打左掌，「這些狗養的政府軍，膽敢來金三角撒野，來一個殺一個，來兩個殺一雙！」

阿漆暗暗替機上的人捏一把冷汗，不管他們是誰，逃脫導彈狙擊，總值得高興。

直升機飛遠，煙火落盡，熱鬧過後，田裏的人繼續彎腰工作，阿漆這才看清楚，他們不是種米，不是種菜，而是種花——他們種植罌粟花。

眼下，雪白、淡紫、嫣紅開遍，茁壯地挺立在陽光下，朵朵吐艷，枝枝妖冶。

婦女三三兩兩的在田間收割鴉片，有些人拿刀片割開罌粟果，放出白色的漿汁，有些人拿半月形的小鐮刀把變黑變硬的半凝固漿汁刮下，抹在碗裏，集少成多，製成一磚磚賣給毒販的鴉片煙膏。

「起程啦。」

阿漆坐回座位上，吉普車開行。

四野連綿的山嶺光暗有度，層次分明，在雲霞掩映下出塵脫俗，秀逸多姿。與世隔絕的金三角山區風景清麗，氣候獨特，日照長而不乾燥，雨水少而土地濕潤，土壤養分充足而酸性少，極宜罌粟生長。同時，罌粟的生命力極強，山民播種以後，不需施肥、灌溉、除草、驅蟲，只待收成。這片地土，這些山民，百多年來早已習慣種植罌粟花，還可以改種其他嗎？

V 殁命航行

臥底身分曝光，狠辣殺手變窩囊；

引發海上災難，奏響了一代漁民悲歌。

1

「你如何對付那些黑手黨徒？」阿Ken問。

醫生巡房之後，阿Ken吃飽之後，露絲與我交談之後，我和阿Ken回到阿漆的病房，繼續錄口供。

「那黑手黨代表與三名打手，入住清邁一家渡假酒店。清邁已經偏僻，那渡假酒店位於市郊，比偏僻更偏僻，若非猜逢駕車載我過去，我倒要花點時間才可找到。那酒店的建築物圍繞人工湖興建，每間客房都有湖景。猜逢租用一間普通客房，躲在房內喝啤酒，歎冷氣，看女孩子在湖裏游泳，着我單獨行事。我們較黑手黨徒早一小時check in，有足夠時間部署。

「他們一行四人入住貴賓套房。四睡房一客廳那種，好傢伙，真富有。為首的中年禿頭胖子蒙尼是談判專家，在黨內坐第四把交椅，外貌十足一個數口精明的生意人。那三名打手體形魁梧，像NBA的東歐球星。我以一敵四，只能逐一擊倒，這場架不打上半天分不出勝負。而且，在酒店裏動手肯定會鬧得翻天覆地。這回的破敵之策，只宜智取，不宜力敵。我心生一計，扮成一個Bell Boy送Room Service。」

「對方有沒有電召Room Service？」阿Ken用筆桿搔背脊的癢。

「沒有。」

「他們讓你進去嗎？」

「初時不讓。開門的打手劈頭便是一句，我們沒有電召飲食，快把東西拿走，不要騷擾我們。」

「你怎辦？」

「我禮貌周周地回覆，這是Welcome Drink，先生。接着展示一瓶C.H. Dubart Milon 2006紅酒。我落足本錢啊！那人識貨，命我把酒放下，馬上離開，不許我踏進套房之內。我說，先生，酒店規定，我要根據本地習俗為各人斟酒，以示尊敬，若辦不妥當，我會捱罵。那人看在上等紅酒分上才放我入內。我不待他們同意與否，快快在他們眼前打開紅酒封條，解下鐵線，拔出木塞，滿滿地斟了四杯，才慢慢鞠躬退出套房。紅酒開瓶太久不可口，不出所料，他們抵不住美酒的誘惑。我踏出走廊，還未關門，四人已步履不穩，搖搖欲墜。不錯，我在酒裏混了迷藥。我預先用針筒刺穿木塞，把迷藥注入酒裏，再用蠟封好，當然，若仔細檢查，或會發現木塞有問題。所以，我主動開瓶，倒酒，不讓他們有機會檢查。迷藥是無色無味無臭的貨色，藥力強烈，靈感來自《水滸傳》的孫二娘。算了，阿Ken你沒讀過《水滸傳》，不懂的。」

「我看過電視劇。」

「電視劇與原著相比，差遠了。」

「對，我相信，電視劇較好看。」

「對牛彈琴。算了，說回正題吧。四人昏倒後，我閃回套房之內，用茶几上的電話報警，說有人在酒店房間裏拔槍。為了確保清邁警察知道蒙尼是誰，我事前偷偷登入國際刑警的資料庫，列印一份蒙尼的通緝令，圖文並茂的放在蒙尼胸前，再從打手衣袋裏取出手槍，擲在沙發上。最後，警察如臨大敵的趕到，意想不到的拘捕了這名國際通緝犯，立了奇功。」

「Okay，這事你清楚交代了。」阿Ken用筆桿輕點鼻頭，「另一件，你怎會想到請林牧師通知阿Wing，你和猜逢前往蘇梅島？」

「這件事嘛，湊巧而已。若借林牧師的基督教用語，是上帝安排。」阿漆笑了笑，「離開渡假酒店的車程上，猜逢告訴我下一步乘坐坤嫂的私人飛機往蘇梅島，與坤嫂會合。我的心登時一沉，在內陸機場乘坐私人飛機，你們不易追蹤。到時，我在泰南，你們在泰北，我需要支援，你們鞭長莫及。如何通知你們？我心急死了。猜逢的視線不離我左右，貿然打電話會令他起疑，直至在清邁機場看見林牧師——他在等待香港短宣隊的航班，猜逢正向機師了解航程路線，我坐在咖啡店喝咖啡，看見林牧師在店前經過。我心念一動，馬上跑上前握手，說我離開泰北了，很高興認識他，後會有期。林牧師雖有點錯愕，仍為我祝福，求主保守我一路平安。就在第二次握手道別時，我把一張摺細的餐紙塞進他的手心，上面寫着『請致電阿Wing，我前往蘇梅島，要緊』，當然還有阿Wing的電話號碼。猜逢認得林牧師，又從蘭姨那裏得知我們在拉祜村見過他們夫婦，因此他沒懷疑。」

「幸虧阿Wing後來接到林牧師的電話，我們才集中追查所有清邁飛往蘇梅島的飛機。咦？阿Wing，你幹嗎默不作聲？」

「我專心聽阿漆交代。」

「你沒意見？沒問題？不似你的作風啊！」阿Ken關掉錄音筆，「抑或你也不舒服？」

「對，我有點不舒服。」我心裏不舒服。

「那麼，今天到此為止，我們明天繼續。」阿漆伸個懶腰，「我先休息一會，待會兒找露絲聊天。」

「露絲出院了。」阿Ken收拾紙筆、錄音筆，淡淡地說。

「她出⋯⋯院⋯⋯了，那麼⋯⋯快⋯⋯」阿漆欲言又止，轉眼瞧着我。

我避開他的目光，低頭揉搓額角，道：「噫，頭痛，我去找醫生要幾顆頭痛藥。我們明天見。」匆匆逃出病房。

「阿Wing，阿Wing。」阿Ken在我身後叫喚，愈叫愈響亮。

討厭！

「什麼？」我拿他沒辦法，惟有停步。

「醫生辦公室、護士辦公室、藥房統統在左邊，你走的方向只通往停車場……」

「我往哪裏與你無關。」

「如果你去停車場，我可否坐你的順風車？」

「不可以。」

「反正順路，別吝嗇汽油錢嘛。」阿Ken一貫死纏爛打。

「不順路，你乘巴士去吧。」我向前走了三步，再停下，回頭認真地說：「不要跟着我。」

「你幹嗎這麼兇！吃錯藥嗎？」

「你敢再囉唆，我咬你。」我作勢撲過去。

「啊呀！」阿Ken跑開了，「從泰國回來，人人都不正常，一定是『撞邪』了。」

我真的開始頭痛了。

快步走出停車場，登上「寶馬」，在儲物格找到一盒Panadol，取了兩顆，咬碎嚥下肚裏，放下車窗，乏力地挨坐駕駛座上，閉眼，重重的吐出一口氣，憶起露絲在病房前面的話——

「阿Wing，你說得對，我不專業，不理智，幾乎害死阿漆……」

「那是意外。露絲，你聽我說，不要自責，況且阿漆平安歸來了。」

「不是意外。你一再勸我休息，跟阿莫輪流工作，但我充耳不聞。最終危害了任務，禍及阿漆。你在泰國不是這樣說的嗎？」

「是這樣說過，但我只是隨口說說……」

「卻給你不幸言中。」

那天下午，我收到林牧師的電話，向他詳細了解阿滲跟他握手的時、地、人，再與大家開會評估狀況，最終決定聯同阿Ken、泰臣乘坐直升機南下蘇梅島。

從犯罪學的角度考慮，泰南是坤嫂另一個理想的藏匿點。那裏存在着嚴重的走私問題、毒品與人口販賣、汽油與軍火走私，背後也涉及個別軍警集團。泰南軍警不和是公開的祕密，大家各自為政，甚至公開衝突，這讓伊斯蘭分離主義有機可乘。由於經濟低迷，失業率高企，許多年輕人找不到工作，以致容易走上歪路，成為犯罪集團的新力軍。

同一時間，露絲、阿莫和情報分析員以清邁機場作起點，追查每一架飛往蘇梅島的飛機。大約三十分鐘後，他們追蹤到阿滲和猜逢乘搭一架私人飛機抵達蘇梅島。阿滲又重施故技，在蘇梅島機場便利店買了一條色彩鮮艷的花手帕，刷信用卡付款時，故意讓CCTV拍攝正面容貌，再把花手帕纏在右腕上。登上的士後，他故意把手擱着車窗，於是，腕上的花手帕成為衞星對焦的最佳目標。

露絲調度衛星，全程跟蹤那輛的士。

我們預計猜逢帶阿漆與坤嫂會合，命令直升機師全速飛行，希望能夠趕在他們會面時，從天而降，與阿漆裏應外合，成功逮捕坤嫂。

計劃百分百理想。

導致計劃失敗的眾多因素當中，最難預計的是意外，而意外往往就在勝算十足之時發生——

強打精神、苦苦支撐多時的露絲，終於不支昏倒，頭、手、肩不知哪裏碰着鍵盤上哪幾個鍵，中斷了衛星連線，一直緊緊跟蹤花手帕的畫面，一下子變成定格，繼而漆黑一片。

阿莫第一時間跑過去，搬開露絲，重新連線。其實，連線中斷並不太久，只有三分十二秒。

三分十二秒後，畫面恢復正常，但同一地點上的的士不見了，花手帕不見了，阿漆也不見了。

阿Ken、泰臣和我五分鐘後飛抵蘇梅島那地點。我們沿着海邊公路作空中搜索，前前後後飛了二、三十公里，一無所獲。

一輛的士連同司機、乘客，三分十二秒內在公路消失，太詭異了。

另外，阿莫放大的士車牌，打算找出那司機，向他查明把阿漆送到哪裏。追查之下，才知道車牌是假的，換句話說，的士是假的，的士司機也是假的。

所有線索被露絲一觸即「斷」。

「是我害的！我不聽你勸告休息，結果在要緊關頭昏倒，把任務搞砸了。」

「事情完結了，危機已成過去，你何必執著？」

「我和阿漆的關係維持下去，將會有下一次、下一次、下一次。沒完沒了。」

「難道你打算……」

露絲冒出一句話：「前面大概只有兩條路了，分手或辭職。」

「慢着，慢着，你是我們團隊裏重要的一員，既有使命感、熱愛工作，又真心喜歡阿漆，怎麼一定要在兩個選擇中作取捨？未下決定以前，你應該跟阿漆好好談一談。」

「現在不是時候。我需要空間安靜。面對他，我只會心軟，感情用事，不冷靜，不客觀，不專業，我總是下錯決定。」

「你這樣……阿漆一定很傷心，很傷心。他的戀愛經驗薄如白紙。」

露絲泫然，默然返回病房，輕輕掩上房門。

我獃獃的看着房門掩上，虧我平日能言善辯、口沒遮攔，此刻的腦裏空白一片，竟想不出片語隻字安慰的話。

2

在蘇梅島，有些的士司機開工時，在私家車頂裝上一個Taxi牌座，私家車便變成載客的士；收工時，把車頂的Taxi牌座除下，它又便變回私家車。坤嫂的「園丁」看準這個「地方特色」，利用假Taxi接人運貨，藉此掩人耳目。

本來間諜衛星一路追蹤，不管真假，在「天眼」底下，「園丁」的「的士」無所遁形，然而，阿漆做夢也想不到露絲的不支昏倒切斷了地面與衛星的連線。就在連線中斷後的兩分二十七秒，「園丁」把車子轉入其中一條岔路，繼而駛進一間海邊別墅的車庫。

阿莫再度連線後，衛星追蹤已失去阿漆的蹤影。

阿漆當然不知道衛星連線曾經中斷，以及我們急如熱鍋上螞蟻的心情。他和猜逢一下車，「園丁」便帶兩人到屋後的小碼頭，登上坤嫂的五十九點四米Oasis豪華遊艇。坤嫂、蘭姨和四名M16槍手已在船上等候，坐輪椅的阿日携着一籮子椰青，在船頭不知幹什麼。阿漆還未坐定，遊艇即解纜啟航。

進入了作戰狀態的阿漆，不住觀天望海，期待直升機從天而降，期待軍艦截住去路，到時他與我們來個裏應外合，突然發難，出其不意地殺坤嫂一個措手不及。可惜，他等呀等，等呀等，遊艇駛出公海，四周單調而平靜。

難道阿Wing動用潛艇？這個假設太離奇了，他也不願想下去。

「阿漆，有東西吃。」蘭姨捧來一盤榴槤。

阿漆捏鼻搖頭，露出厭惡的神色。

「看來，你的適應期比我預計的還要長。」

「那個人，在船頭幹什麼？」阿漆寧願吃椰青，但阿日每隔一段水路把一個椰青拋進海裏，未免太糟蹋食物。在孟加拉，不知有多少兒童每天都在捱飢抵餓呢！

「他是阿日，我跟你說過的巫師，他正為死去的阿星做法事。把椰青拋進海裏有何用？我不曉得。」

「蘭姨，你別管阿日了，椰青多着呢！他愛拋多少就多少。阿漆，你不吃榴槤，吃燒魚和炸雞吧。」坤嫂指着猜逢從下層船艙端上來的食物。

「炸雞，真好！」阿漆走到餐桌前，取了一塊炸雞腿，接過猜逢遞來的Heineken啤酒。

「曼谷警署的臥底剛剛來電，證實清邁警察拘捕了四個意大利黑幫成員，警方正安排把他們移交國際刑警。」坤嫂朝阿漆舉起啤酒，「幹得好！蘭姨，你介紹的沒錯，他的確是一個人才。」

「以他的身手，留在香港做走私客，埋沒了他。」蘭姨讚道。

「你不問我怎制伏那些意大利黑幫？」

「我做事從來只問結果，不問過程。」坤嫂指着船頭，「猜逢，你把阿日推進船艙吧，他在外面很久了，而且公海風浪大，我擔心他像椰青一樣掉進海裏。」

「是。」猜逢放下啤酒，拉開艙門，涼爽的海風吹進船艙。

「阿漆，下一項任務，我想你殺一個人。」

猜逢走出甲板，關上艙門，把海風隔在外面。

「誰？」阿漆心想，不會是阿Wing吧？

「阿Wing。想必你也聽蘭姨說過，那個阿Wing是我的心腹大患，他死了我才安樂。蘭姨武功雖高，年紀畢竟大了，又不熟悉新科技，猜逢和這些打手有勇無謀，都不是阿Wing的敵手。我只能寄望你了。」

「交給我，沒問題。我們現在就去香港殺他？」

「不。不用急，我要去越南下龍灣談生意，讓他多活幾天吧。來，朝廷不養餓兵。」坤嫂把一疊厚厚的美金拋給阿漆，「下龍灣是著名的渡假天堂，你先去快活快活。幹活的事，遲些再談。」

「謝謝坤嫂。」阿漆裝出一副見錢開眼的嘴臉。

艙門再度打開，迎面的海風涼中帶寒，寒中帶邪。阿漆臂上起了一層雞皮疙瘩。

「阿日，過來，我為你介紹一位新兄弟。他叫阿漆。」坤嫂向進來的阿日招手。

阿漆回頭看時，阿日安靜地坐在輪椅上，讓猜逢推進船艙。他目光呆滯，神志委靡，聽見坤嫂的話，便抬頭望阿漆一眼。

就是這一眼，古怪的事便接連發生。

阿漆從阿日眼睛裏，依稀看見當日在荃灣沙咀道跟阿星交手的情景。或許，阿日太似阿星，阿漆看見他，恐怖的經歷自大腦海馬體作出神經反射，在感觀裏再次浮現出來。他馬上收懾心神，可是，那段記憶像缺堤的洪水般，一瀉千里。眼前的阿日彷彿成了當日的阿星——

阿星從 7-11便利店裏出來，阿漆正要進去，兩人狹路相逢，電光火石之間，全沒考慮餘地。阿星開槍，阿漆出刀；阿星的右胸膛中刀，阿漆的左肩膀中彈，兩人雙雙倒下。就在這一刻，阿漆的左肩膀再次感到中槍的火燙、疼痛、淌血，他的整條左臂軟弱無力，由肩至肘，由肘至腕，由腕至指，就像樹上的枯枝，枝上的枯葉，稍大的風就能令軀幹分離。他不敢繼續想阿星，但阿星在腦海揮之不去，他勉力控制思想，不去回憶前事，頭開始痛，愈強迫自己不去想，頭愈痛，他咬牙呻吟，右手按着頭，顱內壓不斷升高，叫他頭痛欲裂。

另一方面，阿日雙眼愈睜愈大，眼球充血、凸出，像個充滿氣的汽球，快要爆向眼前的阿漆。

「你們幹什麼？」蘭姨連忙上前攙扶阿漆，「阿漆，你哪裏不舒服？」

「別管他們。」坤嫂攔住蘭姨，「看來，好戲在後頭。這麼多年來，我沒見過阿日如此…… 激。」

鮮血從阿日雙目滲出，流下兩行血淚。他的臉容開始扭曲，頭骨像軟化了一般，下巴、口、鼻向左旋向上擠，像生日會的小丑扭汽球，看得船艙內各人心驚肉跳。更駭人的是，他的雙手按住輪椅扶手，大力向下推，向下推，身子向上提，向上提，一雙殘廢的腿竟能踏足地板。

相反，阿漆健康的雙腿卻麻痺發軟，腳掌、腳脛和膝蓋猶似不屬於自己似的，無從發力，「噗」的跪在地板上。

情況如同此消彼長，阿日愈站愈穩，與四肢健全的人一樣，雙腿直立；阿漆的身體則愈跪愈曲，麻痺感向上蔓延至腰、腹、胸，最終支持不住，蜷縮在地。

「你……」阿日的腿力不知從何而來，踏前一步、兩步，逐步逼近阿漆，「用刀刺…… 傷……」

「住手！你這怪物，不准施邪術傷害阿漆！」蘭姨按捺不住，欲推開阿日。

猜逢和一名打手急忙拉住她，混亂中，絆了阿日一下，阿日「哇」的慘叫，雙眼反白，口吐白沫，仰臉而跌，把輪椅撞翻。

「蘭姨，好好的一台戲，給你破壞了。」坤嫂怨道。

阿漆癱在地上喘氣，頭痛卻止住了。

一名打手扶正輪椅，猜逢把阿日抱回輪椅上。阿日喃喃自語：「你…… 用刀…… 刺傷阿星…… 我看見…… 你是…… 警察……」

「咔嚓——」坤嫂拔出手槍，上膛，對準阿漆頭部。

「且住。」蘭姨跪在阿漆與坤嫂之間，用身體擋住手槍。

「走開！阿日不說謊。」

「他不說謊，但精神錯亂。他身在泰國，怎可能看見阿星在香港受傷被擒？」

「他是巫師，曉得天眼通，能看見過去與未來。」

「他的巫術如果靈驗，就不會弄至雙腳殘廢，不要聽信鬼話連篇。」

「放肆！你跟隨我這麼久，從沒頂撞過我。現在為了這臭小子來反我？」

「我不敢，對不起。但，人是我帶來的，我有責任保他周全，不能讓他死得不明不白。」

「阿日說他是警察。你能證實他不是麼？你跟他在醫院相遇，這還不夠湊巧嗎？不夠可疑嗎？」

蘭姨有點為難，應道：「的確湊巧、可疑。不過，台灣的黑道中人協助我們逃亡，卻是千真萬確。」

「台灣的黑道，嘿嘿，跟官家的關係千絲萬縷。不可信的。」

「難道這個人不人、鬼不鬼的跛子可信？坤嫂，殺人挺容易，一扣扳機就是一條人命，但人才難求，替你辦事的人無由冤死，難以服眾。請三思。」

「蘭姨，你怎麼變得如此窩囊？」坤嫂掃視猜逢和四名打手。

五人不便表態。

「好！」坤嫂收起手槍，「我不知道你為何拚命維護他？顧念你服侍我多年，我就給你賣一個人情，也給他一次機會。」

「謝謝。」蘭姨扶起阿漆。

「猜逢，替阿漆拍張照片、套取指紋，然後把資料傳給我們在香港警方的臥底。」坤嫂踱回桌前，拿起啤酒，盯着蘭姨道，「要是查出他是警察，我可不容你再維護他。否則，別怪我不留情面。」

「我會親手殺死他。」

「最好不過。」坤嫂大口喝酒，重重的把酒瓶放回桌面，「猜逢，拍完照，取走他的鏢刀，再把他綁起來，關進下層船艙。鎖匙由你保管，沒我許可，誰都不能放他出來。」

「遵命。」

猜逢向左右使眼色，兩名槍手揪起阿漆，把他押下船艙底層。

蘭姨不敢再反對坤嫂的決定，可以做的，似乎都做了。

再看坤嫂時，她又回復神態自若的吮吃榴槤，沒瞧眾人一眼。一有懷疑，即時槍殺阿漆，完全符合她的狠辣作風，寧殺錯，莫放過。然而，蘭姨無以名狀的，感覺眼前的坤嫂有一種說不出來的陌生。

坤嫂的性格沒變，手段沒變。不再盲目服從，變了的，是自己嗎？

蘭姨陷入迷惘。

3

泰臣、阿Ken和我並排坐在海堤上，一籌莫展。

藍天碧海、比堅尼少女、滑翔降傘、水上摩托車、清涼椰青，統統都無法勾起我們的玩樂興致。阿Ken雙手托腮，不停長嗟短歎；泰臣拿腳邊的青草發泄，拔了一株又一株；我則處於嚴重的「當機」狀況，腦子像貫滿沙石一般，連餿主意也想不出一個。

較早前，我們兵分三路，阿Ken留在空中，我與泰臣落機，分頭駕車作地面搜索，以衛星最後拍攝「的士」那位置作起點，沿着海邊公路前後搜尋了四、五十公里。答案依舊，茫無頭緒。

泰北方面，露絲已甦醒過來，她陷入了深深的自責。

如果自責有用，我也一同自責，派受傷的阿漆作臥底，是我出的餿主意。他若出了意外，露絲不會原諒我，我亦不會原諒自己。

其實，如果我們夠冷靜，就不會先入為主的只向壞處想，我們應該對阿漆有信心——他還沒有死，只是暫時失去聯繫罷了，說不定他那邊進展順利，只是苦於沒機會使用電話。

「鈴……」

阿漆？

來電顯示，是R。

「喂，R，請說。」

「阿Wing，事情有新進展。」

「快說。」

「十分鐘前，有黑客入侵我們的資料庫，搜尋阿漆的資料。」

「阿漆？」

「組織電腦系統裏的反黑客程式自動啟動，成功攔阻、拖延及反追蹤。已找出對方的位置。」

「那黑客躲在哪裏？」

「香港的警察總部。」

「啊！香港警察。是巧合，還是與坤嫂有關？」

「我已來到警察總部樓下。M跟警務處處長通過電話，『一哥』已開綠燈，我可以隨便捉人。是否巧合，把他抓回來問話便知。」

「那就好了，你要趕快。如果跟坤嫂有關，表示她正懷疑阿漆，阿漆隨時有危險。」

「她要殺阿漆就不會花時間追查身分，現在只屬懷疑，情況不至於最壞。」

「說的也是。」

「我們要進去了。T會戴上嵌入袖珍鏡頭的眼鏡，影像同步傳給你和阿莫。」

「收到了。」我調校手機屏幕的光暗度，令影像更加清晰。

畫面所見，R的車子停在警察總部正門，R下車，兩名男特工S和T隨後。一名西裝筆挺的中年幹探站在門前等候，趨前自我介紹：「我是程幫辦，處長命我給予你們一切支援。」

「我是R，他們是S、T。」R向程幫辦展示手機屏幕，「請帶我們往紅點所在的位置。」屏幕展現警察總部的立體透視圖，一閃一閃的紅點表示目標人物的電腦仍然在線。

「那是八樓，重案組，麥幫辦的辦公室。我們這邊走。」程幫辦引領三人乘搭升降機。

下午四時是換更時分，所有警署都是一樣的人來人往，有人上班，有人下班。升降機在每一層停下，出來四個，再進三個，門才關上一半，第四個攝身進來，後腳踢着升降機門，自動門安全地彈開，一開一關，又浪費二十秒。鏡頭下的R，滿臉不耐煩，她素來沒耐性，假若可以，她定會一拳一個的把這些人撵出去。

升降機好不容易地到達八樓，在程幫辦開路下，四人直向重案組走去。大房裏的探員奇怪來了幾個「來意不善」的陌生人，幾個老差骨更在陌生人身上嗅出一股不懷好意的氣味，紛紛放下工作，向他們投以戒懼的眼神。

R核對手機屏幕的立體透視圖，紅點的位置沒錯，目標人物仍在。

程幫辦既不交代，也不叩門，二話不說地擰開麥幫辦的房門。

蓄勢待發的R、S、T，擎槍而入，三枝手槍同時指着辦公桌後面的麥幫辦。

R喝道：「高舉雙手！不准觸碰滑鼠、鍵盤！」

麥幫辦驚愕一秒，猶豫一秒後，擱在鍵盤抽屜的雙手，開始有所動作。

R不會給他第三秒——

「砰——」

辦公桌的左下角中彈，木屑、玻璃碎胡亂飛濺，麥幫辦給嚇得彈離座位，舉起雙手，大聲呼喊：「別開火！別開火！警告你，這裏是警察總部，我有幾十個夥計在外面，他們人人有槍。」

大房的探員已拔槍在手，衝過來救援。

「這是警務處處長簽發的行政指令。」程幫辦擋在門口，把公文高舉過頭，「大家收起手槍，返回崗位工作。麥幫辦的案件，現時由我全權負責。」

房內，T反銬麥幫辦，繳去他的佩槍；S檢查辦公桌上的電腦。

「究竟什麼事呀？程Sir。」房外，有人不服氣。

「這是機密，你們無權過問。誰敢越權，一概紀律處分。」程幫辦態度強硬，「你們還不退後？還不散開？」

房內，麥幫辦的態度同樣強硬，囂張地說：「你們是哪個部門的？拘捕我也得依程序啊！沒宣讀權利，沒指出干犯何事，又在非危險的情況下開槍。你們的行動不合法！」

「住口，省點口水吧。我們不是警察。」T道。

「你們是？」

S用指尖「咚咚」的敲響電腦屏幕，畫面上正是阿漆的照片和指紋。

R瞥了一眼屏幕，道：「當你第一天收受賄款時，就應料到終有今天。」

「你們到底是什麼人？ICAC？喂，我要律師，這是我的權利。沒律師在場，我什麼都不說。」

「你什麼都不用說，就不用找律師啦。」R頓了一頓，道：「阿莫，我們逮到那個黑客了，請告訴S你的電腦位址。」

「你跟誰說話？你們不是ICAC。」

「是……阿莫……位址清楚。我用黑客的電腦跟你連線。」S道。

「啊！我看見了，你們把通訊器藏在耳孔。你們是特工。」麥幫辦側頭瞄瞄S，回頭看看T，「其實，只是小事一樁，不必出動特工，我並非收集機密情報。我只不過受人所託，打聽那個人的身分。總之，我不是間諜。」

「你不是間諜，看得出。」R坐下，蹺起腿，「看你的瀏覽紀錄，除了自家的警務處資料庫外，其餘的，都是瞎撞亂查，搜尋技巧毫不專業。」

「不就是嘛！不如這樣，我們談談條件，我給你資料，你放我一馬。」

「要視乎你的資料有沒有用。」

「你們想知道什麼，儘管問。」

「挺簡單的一個問題，坤嫂目前在哪裏？」

S成功連線，並把麥幫辦的電腦設定為「共用」，讓阿莫在泰北遙控電腦，翻查備份檔案、通訊紀錄。

「這個……問題……可不簡單呢！」麥幫辦吞吞吐吐，「她只用電郵跟我聯絡。網絡世界，不分地域遠近，她人在哪裏，我真的不知道。」

「連這個問題也答不出，你憑什麼跟我談條件？」R失望搖頭，「Sorry，我沒辦法放你一馬。S、T，押他回基地，先關起來。」

「基地？你要把我關在什麼基地？」

「走。」S和T一左一右的搭住麥幫辦的兩肩。

「大家讓開，不要擋路。」程幫辦為S和T開路。

「我找到了。」無線通訊頻道裏，阿莫雀躍萬分地傳來喜訊。

S和T停步。

「在哪裏？」身在蘇梅島的我，忍不住插口發問。

「R，請看黑客的電腦屏幕。我追蹤、計算到坤嫂發電郵給黑客時的實際地理方位。」

「我在蘇梅島這邊看不見呢！S，勞煩你，看看那面屏幕。」

「No Problem！」S轉身。

看着他們甚有默契地交流，耳孔裏沒通訊器的程幫辦和麥幫辦當然一頭霧水。

「何處？」我與R齊聲問。

「這兒。」阿莫在遠端推按滑鼠，屏幕中央展開一幅東南亞地圖，箭號標誌在地圖上移動，箭頭最後指着泰國與越南之間的海域。

「泰國灣。」

4

泰國灣風雲莫測，日落後毫無先兆的颳起強風，在寬闊無垠的海面肆意咆哮。浪隨風舞，海面湧起白浪滔滔。三、四米高的浪頭，雖不算太高，但來得陡峻、密集。

Oasis遊艇船長下令關好所有舷窗、艙蓋、艙門。

阿漆隔着板門的圓形玻璃窗，觀看四名打手在遊艇上跑來跑去，忙了一陣後，又聚在一處玩撲克。不見坤嫂、蘭姨、猜逢和阿日。

他斜眼往上看，船長端坐駕駛室，口咬煙斗，左手握着方向盤，右手扶着變速桿，預備乘風破浪。

突然，天空劃出一道道金黃色的閃電，彷彿夜幕裂開，宇宙光從高天灑落泰國灣，把整個海面照得如同白晝。接着，霹靂雷聲爆發，震得遊艇似要四分五裂。四名打手拿着撲克呆了半晌，賭錢的興致給驚散了。海上，第一個浪頭沖到，船長扭撥方向盤，拉桿加速，遊艇靈巧的隨波越過第一個浪頭，之後，向浪谷滑下去，船長熟練地減速，第二陣浪洶湧而至，船長連忙加速，驅動遊艇穿過水牆，衝上浪峰。

遊艇上拋下跌，阿漆在士多房裏沒及時扶穩，同樣上拋下跌，「卜碌」的滾在地上，像個滾地葫蘆瓜。

閃電、雷轟過後不久，豆大的雨點「劈劈啪啪」的打在艇身，遊艇像遭幾十個霰彈槍手同時圍攻般驚心動魄。

劈劈——啪啪——

咯咯——阿漆——咯咯——阿漆——

「蘭姨？」

「你沒受傷吧？我聽見你在裏面摔倒。」蘭姨隔着板門，壓低嗓門。

「跌一跤，小事罷了。我已掙脫繩索，打算踢開板門。」

「不用踢了，我有鑰匙。」

「你從猜逢哪裏偷來的？」

「不，主人房裏有後備匙。」

阿漆聽見鑰匙插進匙孔內旋轉，板門打開。阿漆退在一旁，蘭姨閃了進來，反手把門輕輕帶上。

「你的身體怎樣？頭還痛嗎？」

「不痛了，但元氣大傷，渾身酸痛，不知中了阿日那傢伙什麼暗算。」

「阿日的情況比你更糟糕，他虛弱得快要斷氣。坤嫂和猜逢在看他。」

「活該。」

「阿漆，你老實告訴我，你是不是警察？」

「我不是。」

「真的不是？」

「我是不是警察，已經不重要，蘭姨，剛才你頂撞坤嫂，她對你已懷恨意。」

「我知道。所以才…… 放你走。」蘭姨咬一下唇，「坤嫂最看重威信，就算你不是警察，她在一眾手下面前說要殺你，你早晚沒命。看來阿日熬不過今晚，他一死，坤嫂定會找你陪葬。只怪那個阿日無風起浪，無端端說你是警察。」

「事到如今，我也不瞞你了。阿日錯不了——我是特工。」

一霎強大的閃電劃破天空，落在遊艇附近，持續十多秒的金光不停閃爍。金光映照底下，蘭姨雙手握拳，鐵青着臉。緊接下來，四周響起爆炸般的雷鳴。

對於蘭姨，他沒有虧欠。

風急雨狂，水深浪闊。在風聲雨聲浪聲之中，蘭姨重重歎了一口氣，阿漆坦然等她動手。

蘭姨卻平靜地說：「你是警察，是特工，是走私客，都沒分別了。留在遊艇上是死路一條，走吧，反正是死，你現在離艇落海，坐救生筏逃命，或許還有一線生機。」

「為什麼要救我？」

「你令我想起死於非命的兒子，我不忍看着你死去。或許你死在救生筏上，我看不見，心裏會好過些。」

蘭姨拉開板門寸許，偷看外面，「左邊有道爬梯，直通甲板，救生筏在船尾。」

「你放我走，他們會追究……」

「別婆媽了，我自會應付。」蘭姨閃身步出士多房。

到了這地步，阿漆惟有依從。蘭姨分析合理，坤嫂沒可能不殺他。他的元氣未復，沒可能以寡敵眾，逃走乃是沒辦法中的辦法。

四名打手已停止賭錢，一起圍在船長旁邊，目光一致地注視迎面而來的風浪，齊為船長打氣，每當成功越過浪頭，他們都拍掌歡呼。

蘭姨與阿漆扶着艙壁，勉強走向左舷，快要到達爬梯，坤嫂和猜逢赫然從右舷下來。坤嫂首先發現他們偷走。

「叛徒！」坤嫂恨得咬牙切齒，馬上拔槍指向蘭姨「你真的造反！」

猜逢從後包圍，用槍口指向阿漆。

蘭姨無言反駁。

阿漆問：「阿日死了？」

「沒錯，老子這就拿你陪葬。」猜逢的槍管貼着阿漆的頭。

他們隨時開火。

阿漆和蘭姨皆是練武之人，反應敏銳，一個眼神，已經心領神會。

驀地，又一道閃電從海面閃進船艙。四人一怔之際，蘭姨與阿漆互望一眼，同時出手——蘭姨靠右攻擊猜逢，阿漆靠左攻擊坤嫂。這下突變，猜逢與坤嫂全沒料到。蘭姨與阿漆不顧自己的性命去為對方解圍，假若蘭姨出手攻擊阿漆身後的猜逢，阿漆仍站着不動的話，坤嫂的即時反應是向蘭姨開火，難得他們都不求自保，而且猜逢的視線受阿漆阻擋，坤嫂的視線受蘭姨阻擋，均未能察覺敵人攻過來。結果——

「砰——」、「砰——」

蘭姨打出一式凌厲的「拋捶插掌」，右捶拋掛，打跌猜逢的手槍，左掌直取猜逢咽喉，「咯」的把脆弱的喉骨擊碎。

同一時間，阿漆先來一記「釘腿」，踢飛坤嫂的手槍，後接「上步摔掌」，一掌把坤嫂震到船艙中央，擋住聞聲撲至的打手。然而，拳腳之間，猜逢和坤嫂的手槍走火。兩顆流彈，直接釀成一次海難。

猜逢的子彈誤中船長背部，坤嫂的子彈射破右艙壁上一個舷窗。

船長失去知覺，向前仆倒，身體把變速桿完全壓下，遊艇的油門盡開，全速前進。適逢遊艇再下浪谷，本應減速，竟一下子變成開足馬力，失控的直插浪谷深處，沒入水裏。水柱從破窗射進船艙，各人失衡地撞向艙壁，有人撞昏，有人大叫。至遊艇從浪谷向上浮升，艙內已灌注大量海水，人和物件反方向跌撞。阿漆左手握着爬梯，右手抓着蘭姨。艇身向右前方傾側，雜物漂浮起來，船艙凌亂不堪。

阿漆和蘭姨渾身濕透，不停嗆咳。

「爬上去！船快沉啊！」蘭姨的喉嚨給水嗆住，仍盡力喊叫。

阿漆手足並用的奮力向上爬，至盡頭，艙蓋緊閉，試推，不動，使勁再推，推得動，於是氣運丹田，出盡平生之力，一掌把艙蓋推開，攀出甲板。雨點夾着風浪撲面而來，打在臉上痛如針刺，他掙扎着站穩，左手抓握欄杆，彎腰用右手幫忙把蘭姨拉上甲板。

遊艇快速下沉，船頭全浸在水裏。阿漆和蘭姨互相扶持着向船尾攀去。狂風怒號，浪花四濺，海水迎頭罩下，兩人進三步退兩步，十來米的距離，走得狼狽不堪。他們到達船尾時，半艘遊艇沉了一半。

情勢危急，阿漆一觸及救生筏的操控桿，便大力拉下。救生筏隨即滾落水中，自動彈開，充氣，瞬間鼓成一個橙黃色的尼龍圓錐體，錐尖的紅色小燈在風雨交加的海上一明一滅。

「跳！別讓它飄走。」蘭姨喊道。

身後響起槍聲，阿漆回頭，但見兩名槍手追上甲板。就連站穩都有困難，阿漆不擔心他們能瞄準，一拉蘭姨，便跳進海裏。

*　　*　　*

海水冰涼徹骨，阿漆踢水浮上水面，救生筏飄遠了，他全力游過去。蘭姨是漁民出身，熟水性，他不擔心她，只管向前游，只管追趕救生筏，這是他們惟一的求生寄望。游呀游，追呀追，游近了，追到了，他攫住繫在救生筏上的繩索。

「蘭姨，我們有救了，蘭……」

蘭姨不在左右。轉身張望，只見她的身影遠遠地落後，載浮載沉。

阿漆暗叫不妙，把繩索纏繞手腕一圈，緊緊握住，拖着救生筏折返接應。

Oasis遊艇已浸在水裏，甲板燈光在水下隱約透出慘淡的光線，那兩名槍手大概早被大浪捲去。

坤嫂的情況比幾分鐘前更差，沉多浮少，阿漆拖着救生筏，游得慢，水流正把蘭姨沖走。

「蘭姨！游過來！蘭姨！撐住！」

蘭姨有反應了，她撥水，踢水，阿漆也迎着她游過去。

近了，他伸手想去抓她，兩人的指尖相碰，卻抓不牢。

「蘭姨！握住我的手！」

蘭姨從水裏緩緩抬起頭，望了阿漆一眼，她的臉沒丁點血色，說：「我中了槍。」話剛說完，水流又把她沖遠。

「快握住我的手！快踢水！」

「再見，阿漆……」她隨着水流漂得更遠，「我兒……」

一股巨浪從後淹至，阿漆被壓入水底，眼前一片漆黑，水底的湍流把他翻來撞去。他閉住呼吸，緊握救生筏的繩索，猛力踢水升回水面。

水面依舊風浪呼嘯，白沫漫天。遊艇的燈光在阿漆的視線中隱沒，蘭姨的蹤影也在他的視線中消失，阿漆的眼眶酸透。

眼下怒濤洶湧，不是憂傷哀悼的時與地，他拽扯繩索，借力游回救生筏，拉開入口的防水拉鍊，用力壓下救生筏一角，耗盡所餘無幾的氣力，攀爬進去，完全拉起拉鍊，筋疲力竭地曲臥於冷濕的天篷底下，任由海浪把他送到天涯海角。

*　　*　　*

我熄掉錄音筆，呆愕片刻，無意識地拿起桌上的紙包鮮奶，卻沒喝，只是傻兮兮的拿着。

今早，我沒到醫院替阿漆錄口供，只由阿Ken一人前往。他回來後，我問他阿漆的情況，回答是阿漆昨晚失眠，有點疲累，除此以外，別無異樣。

他失眠，乃意料中事；我不去，因為不想面對他。

昨晚，露絲給我一個長「短訊」，說她已跟阿漆通過電話，向他坦白了自己的困惑，以及決定。她告訴我她將往那裏，但沒告訴他。阿漆一定會問我，我不想說謊，又不想「出賣」露絲，惟有避而不見。他和她都是我的好友，夾在兩人中間，我左右為難。

感情事，並非簡單「愛」或「不愛」的二元劃分，當中牽涉種種複雜的、混亂的感覺，互相交纏、糾結，剪不斷，理還亂。

愛情，令向來很smart的露絲變得foolish，令勇敢無懼的阿漆變得畏首畏尾。

相愛，是一種藝術，可以帶來幸福快樂，若愛不得其法，也可以帶來痛苦困擾，視乎那對戀人過的是一種有愛情的生活，還是為愛情的生活？所以，愛情故事不一定是有情人終成眷屬。

「很煩惱？」R坐在椅子的靠手之上，從我手中取過鮮奶，喝了一口。

「對，的確很煩惱。消滅跨國販毒集團或許比談戀愛輕鬆得多。」

「給他們一點時間吧。」

*　　*　　*

時間在不知不覺間消逝，當阿漆模模糊糊的再次張開眼睛，已是一個風和日麗的海上清晨。

他打開救生筏的天篷，深深吸一口柔和清新的海風，再檢查救生筏的緊急補給包，內有三瓶一點二五公升裝的清水、兩包壓縮餅乾、一包果汁糖、一個藥物包、一個望遠鏡、一個手電筒、一枝信號槍連四發信號彈，最糟糕是沒有無線電通訊器。

茫茫大海，身在何處？向誰求救？阿漆茫無頭緒。

當然，他並不知道，一夜之間，東北季候風已將他由泰國灣吹出南中國海。

前一晚沉沒在泰國灣的Oasis遊艇，午後給泰國海軍發現，蛙人在船艙裏找到五男一女屍體。三小時後，他們證實死者包括坤嫂和猜逢，馬上向我們通報，並傳來一批死者遺物、艇上物品的照片。

我們從其中一張照片上發現阿漆的鏢刀，而阿漆一直與猜逢同行，我們判斷他曾在遊艇之上。由於死者當中沒阿漆，加上遊艇的救生筏失蹤，我們審慎樂觀地假設他仍活着。M透過與各地政府代表的聯絡熱線，要求在附近海域巡弋的各國軍艦協助搜救。除了泰國、越南的軍艦外，還有中國導彈驅逐艦、英國驅逐艦、美國潛艇、俄羅斯潛艇，回覆全力協助。

M與「深圳號」導彈驅逐艦的聶艦長直接聯繫，徵得對方同意，聯同三名特工乘直升機登艦參與搜救，誰知，登上直升機之際，M臨時「甩底」，改派祕書Ada作代表。

我、露絲和阿Ken對於M的古怪行徑，早已見怪不怪，也不管聶艦長的古怪目光，心裏只記掛儘快尋回阿添。

當早晨的太陽出來後，阿添正式感受到熱帶海洋的可怕熱力，讓天篷打開，陽光直射下來，他感覺自己像炭火上的一隻雞翼。閉上天篷嗎？困在尼龍造的救生筏裏，他又變成焗爐裏的一塊魚柳。還未到正午，他已喝光第一瓶清水，仍覺喉乾口渴，唇焦舌燥。他不明白我們為何還沒來到。明明在蘇梅島上留有線索，按理，挺容易追蹤的，除非⋯⋯所託非人，林牧師沒替他打那通電話？

長時間暴曬，使他頭暈目眩。

陽光最猛烈的正午，他喝掉了另一瓶清水。他想到，泰國灣是東南亞最重要的漁場之一，就算我們找不到他，他總會遇到其他漁船，他仍保持樂觀，相信快將獲救。

可是，海上漂流了大半天，發現他的不是船隻，而是鯊魚——

下午三時左右，七、八塊巨鯊的脊鰭不時露出水面，在救生筏前後左右兜圈。鯊魚羣顯然對救生筏起了興趣，正試探這個橙紅色的巨大「生物」有沒有攻擊性？好不好吃？其中一條錘頭雙髻鯊最為進取，時而貼近救生筏，時而從救生筏底下穿過去。海水清澈見底，錘頭雙髻鯊的動態，阿漆一目了然。如果牠在救生筏上試咬一口，那就慘了！救生筏勢必泄氣下沉，阿漆身上連小刀都沒一柄，如何敵得過羣鯊攻擊？每條鯊魚咬一口，都足以叫他屍骨無存。

錘頭雙髻鯊身上仿如死亡標誌的鯊魚脊鰭直向這邊衝來，這趟，牠似乎下定決心要噬下來，怎麼辦？阿漆大驚之餘，腦海裏靈光一閃，閃出藥物包裏的一柄剪刀，他立即打開藥物包，取出剪刀。

用十五厘米的剪刀，對付至少一百五十厘米的鯊魚，雖屬不智，但這是手邊僅有的利器了，倘若刺中鯊魚的要害，可能把牠嚇退，當然也可能惹怒牠，引來瘋狂的攻擊，機會一半一半，牠愈游愈近，已不容磋跎。

鯊魚皮粗肉韌，刺牠哪部分？

眼睛，錘頭雙髻鯊的眼睛，畸形地生長在鯊頭兩側凸出部分的最前端，不難刺中。

阿漆反握剪刀，盯着雙髻鯊的眼睛。

來了，牠游近了，只差四、五米。

阿漆對準錘頭雙髻鯊的左眼，高舉剪刀。

即將碰到救生筏時，錘頭雙髻鯊突然改變主意，迅速下潛，又從救生筏底下穿過，在水中轉向，筆直的游往東南方，其餘的鯊魚也朝同一方向游走。

為什麼？阿漆拿望遠鏡看清楚，原來東南方一百米處，湊巧大團魚羣游過，鯊魚吃魚去了。

捕吃鮮魚總比試探尼龍救生筏明智，牠們的選擇正確，誰說鯊魚沒智慧？危機暫時解除，全身繃緊的阿漆鬆了一口氣，他像泄氣皮球般軟癱下來，不自覺地又喝一大口清水，定一定神，才後悔沒有節制，糧水剩下不多。

這艘救生筏可容四人，三瓶水、兩包餅，如何分配？

Oasis船長不擔心沉船嗎？他沒定期檢查緊急物資是否足夠嗎？抑或，科技先進，搜救人員有信心不消半天就能找到沉船生還者，緊急補給包只屬聊備一格？然而，過了大半天，阿漆還未獲救。為什麼？

暴曬、缺水、飢餓、精神緊張、體力消耗，令他神志不清，胡思亂想，半小時後再也支持不住，陷入半昏迷狀態。

直至黃昏日落，涼風吹起，他才甦醒過來。醒來的第一個感覺是嘴唇破裂、皮膚紅腫、舌頭脹大，他不敢觸碰任何一處皮膚，只怕一碰就大片大片地脫落。

晚上喝罷最後一滴清水，吞下最後一顆果汁糖，他仰望繁星點點的夜空，想到明天，明天當太陽從水平線升起，缺水缺糧，再沒人找到他，他將沒有明天。

回顧過去，他不止一次面對死亡。面對死亡，每次他都了無牽掛，但這次例外，他最牽掛的是露絲。

特工這行業，牽掛是個計時炸彈，現在已無所謂了。

「露絲，我愛你。」在星光底下，在大海中央，他盡可能溫柔地說。

可惜，露絲聽不見。

他覺得上天在戲弄他，難得在茫茫人海遇上露絲，可以同偕此生，他們意外地開展感情，卻因沉船意外而生死相隔。

上天，真的在戲弄他。前一夜狂風大雨，這夜卻沒半滴雨水，雨不需大，只需下半小時小雨，讓他盛滿三瓶雨水，或可多熬一天半天。可惜，直至東方泛白，他腳邊的水瓶仍舊空空如也。

沒有奇蹟，他放棄指望奇蹟，甚至一併打消了獲救的念頭。

他答應露絲一定平安回去，現在要失信了。

死亡，來吧。他躺在救生筏上，朦朦朧朧的，看見死神來了。死神在遠處的天空緩緩飛行，它的眼睛會發亮似的，一眨一眨，似在搜尋冤死的孤魂。

阿漆，起來！那不是死神，那是直升機。

誰跟我說話？阿漆問。

聲音很熟，好像是露絲，好像是阿Wing，好像是蘭姨，還是自己的心聲？

不管是誰，阿漆周圍摸索，摸着空水瓶，不是，摸着另一個空水瓶，不是，摸着手電筒，也不是，摸着信號槍，是了。他舉起訊號燈，指向天空，管它是幻覺，還是什麼，放個煙火看看，也算是死得燦爛吧。

他扳動引爆彈簧，信號槍震動一下，發出一個悶響，散發一陣焦臭，數秒後，又紅又亮的煙火在天空爆得燦爛。

*　　　*　　　*

今晚，我還是到醫院走了一趟，縱然沒特別有效的安慰說話，靜心聆聽阿漆訴苦，體會他沒在口供裏提及的感受，一盡朋友之義。

阿漆沒問我露絲的去向，也許他不想我為難，也許他想通了，明白要給露絲時間。他既然不問，我當然不說。我們後來談到蘭姨，整整六天都沒發現她的屍首，沒屍首，我們仍可審慎樂觀地假設她尚在人間，當然，也可能被鯊魚吃掉。

阿漆好生內疚，騙取蘭姨信任，混入販毒集團，及後蘭姨為救他而中槍，下落不明，一切都是為了他。

我說，蘭姨本是無知漁婦，不明白自己一直助紂為虐，你令她改邪歸正，做件正確的事，她已不枉此生。

阿漆沉默不語。

窗外，適值月上樹梢頭。在香港，在泰國，在杜拜，人們抬頭看見的，是同一個月亮。我推開一扇窗子，在清風之中，在明月之下，慷慨吟誦蘇東坡的〈水調歌頭〉：

明月幾時有，把酒問青天，不知天上宮闕，今夕是何年？我欲乘風歸去，又恐瓊樓玉宇，高處不勝寒，起舞弄清影，何似在人間？

轉朱閣，低綺户，照無眠，不應有恨，何事長向別時圓？人有悲歡離合，月有陰晴圓缺，此事古難全，但願人長久，千里共嬋娟。